MW01614235

L'éditeur tient à remercier pour leur soutien

Il remercie également la Fondation Prométhéa
et M. Chr. Lasserre pour leur aide.

Direction du projet et édition : Xavier Francart

Novembre 2003

© Éditions Aparté
Avenue de l'Hélice 48 – B-1150 Bruxelles
Tél. 02 779 42 01 – Fax 02 779 42 44
E-mail aparte@ibelgique.com

Dépôt légal D/2003/8943/2
ISBN 2-930327-08-1

Tous droits strictement réservés. Toute reproduction d'un extrait
quelconque de ce livre par quelque procédé que ce soit, et notamment par photocopie, microfilm ou support numérique ou digital
sans l'accord préalable et écrit de l'éditeur, est strictement interdite.

Isabelle de Pange & Cécile van Praet-Schaack

PRÉFACE DE WILLEM DRAPS
SECRÉTAIRE D'ÉTAT À LA RÉGION DE BRUXELLES-CAPITALE

400 FAÇADES ÉTONNANTES
à Bruxelles

[aparté]

Un proverbe chinois dit « la façade d'une maison n'appartient pas à son propriétaire, mais à celui qui la regarde ». La phrase est poétique. S'il est vrai que le propriétaire est chargé de l'entretien de sa façade, il n'en demeure pas moins que celle-ci s'offre à tous les regards.

Les auteurs de cet ouvrage, toutes deux historiennes de l'art, ont jeté leur dévolu sur quatre cents façades bruxelloises. Elles les ont qualifiées « d'étonnantes ». Il s'agit d'un choix subjectif. Cela étant, les façades retenues ont la capacité de susciter l'étonnement. Autrement dit, elles sont des façades « de caractère ».

Ont-elles quelque originalité ? Sont-elles parées d'un élément décoratif ou architectural fort ? Apportent-elles une solution architecturale novatrice ? Ont-elles été l'objet d'un rénovation créative ?

Sans se vouloir exhaustif, l'ouvrage répond à ces questions.

Le texte explique le pourquoi de la sélection de chaque façade et fournit de nombreuses informations complémentaires : les architectes ou les artisans qui sont intervenus dans sa conception, le courant esthétique ou artistique à laquelle elle se rattache, les circonstances de sa construction, les techniques utilisées.

Les titres de certains chapitres ne manquent pas d'être poétiquement éloquents : « les belles endormies », de merveilleuses façades abandonnées depuis longtemps ; « les maisons de l'âme » dont la façade s'est nourrie de l'affection que leur portaient leurs propriétaires ; « les bavardes », les façades qui savent se faire entendre...

Bref, un ouvrage pour découvrir Bruxelles autrement.

Je vous en souhaite une agréable lecture.

WILLEM DRAPS,
Secrétaire d'Etat en charge des Monuments et des Sites

Julien Roggen.

Architecte

E. Fobarpe
Architecte
Anderlecht

M.LAHOUSSE
ARCH. BR.2054

P. HANKAR
architecte

P. Tombeur
Architecte.

...GUSTAVESSE
& FRERES
ARCHITECTES.

L.D. MEUNIER
ARCHITECTE
BRUX.

F. HEMELSOET
ARCHITECTE

De Lestré
Arch.te

HENRI
WELLENS
ARCHITECTE 1908

K.MEULECO
ARCHITECTE 1923

CONSORTIUM
TECHNIQUE
BROXELLES

FR. VERHEVEN

ARCHITECTE

Une ville étonnante où s'affichent à l'infini, plus que des monuments officiels, des façades privées. Où l'individualité de chacun, de chaque époque a imprimé sa marque. Où le savoir-faire, l'inventivité et la fantaisie côtoient sans continuité un urbanisme délirant. Un paysage urbain, un vrai, avec ses cicatrices et ses îlots de beauté, qui vaut la peine au moins d'être regardé, si pas préservé.

Ça, c'est Bruxelles.

400 façades. Un chiffre symbolique. Susceptible de défier l'habituel top 50 des façades les plus connues. 400 façades, ça porte aussi en soi les 400 coups, un parfum d'école buissonnière, une échappée belle... Pour révéler la précieuse diversité de ces façades, plusieurs points de vue ont été adoptés, stylistiques, urbanistiques, architecturaux et subjectifs.

Ça, c'est ce bouquin.

Deux filles sillonnant la ville, toute la ville en quête de coups de cœur en forme de façade. Bruxelloises dans l'âme. Historiennes de l'art et passionnées d'architecture, fouillant les archives communales dans la poussière. Photographes amateurs, montant sur des escabelles, attendant le soleil ou que les autos se tirent.

Ça c'est nous.

Toute notre gratitude à notre éditeur, Xavier Francart, d'avoir voulu et soutenu cette aventure. À vous de la vivre maintenant et, espérons-le, aussi intensément que nous.

CÉCILE VAN PRAET-SCHAACK et ISABELLE DE PANGE.

Un mode d'emploi

Démultiplier les points de vue, c'était l'évidence au vu de la richesse patrimoniale des façades privées de Bruxelles. Ce livre s'articule en une série de chapitres, certains plus convenus, d'autres plus subjectifs, dévoilant chacun à leur manière un pan de la création architecturale bruxelloise.

On passe d'un chapitre à l'autre tout naturellement, comme lors d'associations d'idées. Certains chapitres s'imposent d'eux-mêmes, comme le vocabulaire (B.A.-BA) ou l'histoire des styles. Des styles, on passe spontanément à Adrien Blomme, un architecte surfant sur les modes et se jouant des grammaires avec une facilité déconcertante. On poursuit par une évocation des façades « rhabillées » ; une autre manière de parler des styles, en brouillant les cartes cette fois-ci...

Vient ensuite un chapitre incontournable, où évoquer, au travers de leur habitation personnelle, certaines personnalités qui ont marqué le paysage urbain (**La maison de son maître**).

Les cinq chapitres suivants (**Toi mon toit, Valsez corniches !, Les yeux de la ville, Textures et couleurs, Articulations et décrochements**) se proposent d'explorer diverses façades à partir d'un élément déterminant de leur composition.

C'est ensuite l'allure générale de certaines façades, ce qu'elles véhiculent comme rêve (**De chaumières en châteaux**), comme préjugé de classe (**Travailleurs, travailleuses !**) ou comme nostalgie (**La ville à pignons**) qui a dicté les chapitres suivants.

Une fois la façade explorée comme un « en soi », trois chapitres abordent des thèmes plus urbanistiques, comme les maisons d'angle (**Sous tous les angles**), les maisons jumelles ou identiques (**Copier-coller**) ou encore les maisons qui sont là où on ne les attend pas (**Les inattendues, les anachroniques, les ravissantes oubliées**).

Un grand chapitre est ensuite consacré aux images qui animent les façades. **Les bavardes** parlent de ces élévations qui n'en finissent pas de converser avec le passant.

Le livre se fait plus subjectif en évoquant un vieux jeune homme sans qui Bruxelles manquerait de magie, **Gustave Strauven**, un architecte qui a poussé loin le rêve urbain. Avec Les maisons de l'âme, on quitte le point de vue purement architectural pour s'attacher à des façades réceptacles d'états d'âme, heureux ou malheureux.

Finalement, un dernier chapitre, **Les belles endormies**, fait tinter la sonnette d'alarme. Quel futur pour le patrimoine bruxellois ?

Visite guidée, ce livre est aussi et surtout une invitation à décoder toutes ces façades tellement vues et si peu regardées...

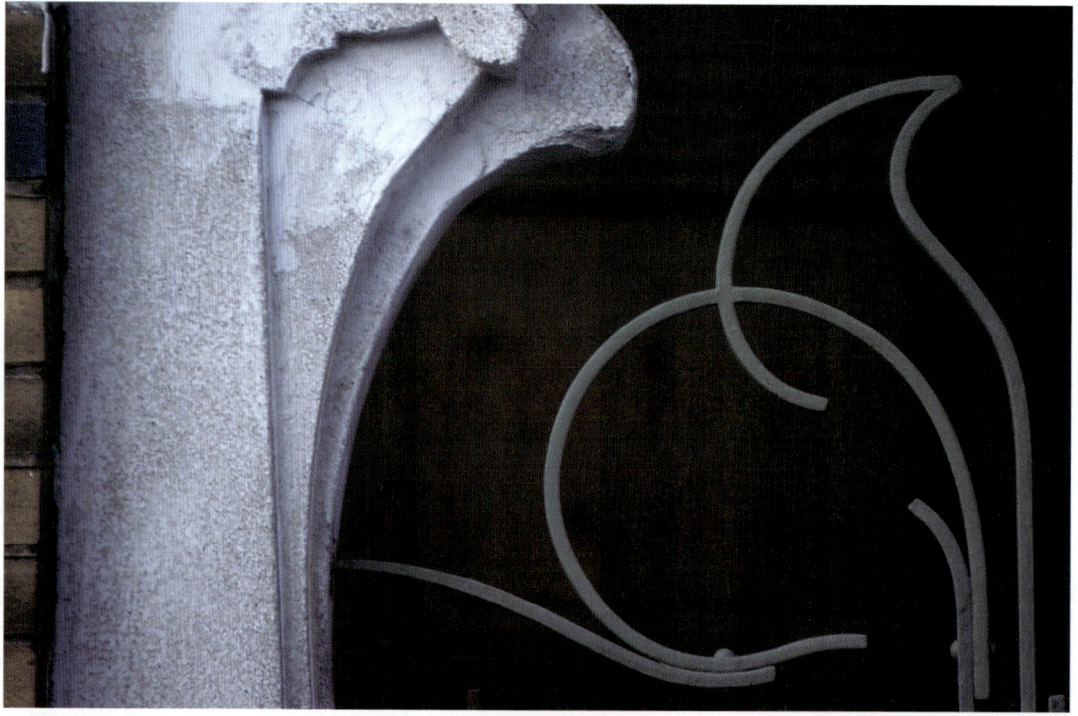

B.A. – BA

Colonne ionique annelée

Huisserie: tout ce qui forme l'encadrement d'une fenêtre ou d'une porte

Brise-vue

Grille en fer forgé

Jours de cave

Av. Louis Bertrand 2, Schaerbeek. O. Leuwers 1909 → 270

Pour les fous de vocabulaire, une seule planche de salut : J. M. Pérouse de Montclos, Architecture. Méthode et vocabulaire, Éditions du Patrimoine, Paris, 1972. Un pavé, une somme ! Une mise en garde pourtant : l'architecture est un art mouvant. Les architectes sont susceptibles d'élaborer des formes qui n'auront jamais de nom. D'autre part, la terminologie varie suivant les époques et les lieux (ex. loggia, bretèche, etc.) . Dans cet ouvrage, nous avons employé les termes tels que les définit Pérouse de Montclos ou tels qu'ils sont utilisés dans les Inventaires du patrimoine en Région bruxelloise.

Modillon

Triplet de baies

Garde-corps en fer forgé

Console

Appuis à bec

Bow-window

Bandeau

Fenêtre à arc surbaissé

Colonnette

Œil-de-bœuf

Fenêtre à arc en plein cintre

1 Av. Louis Bertrand 38, Schaerbeek. François Helmelsoet. 1906.

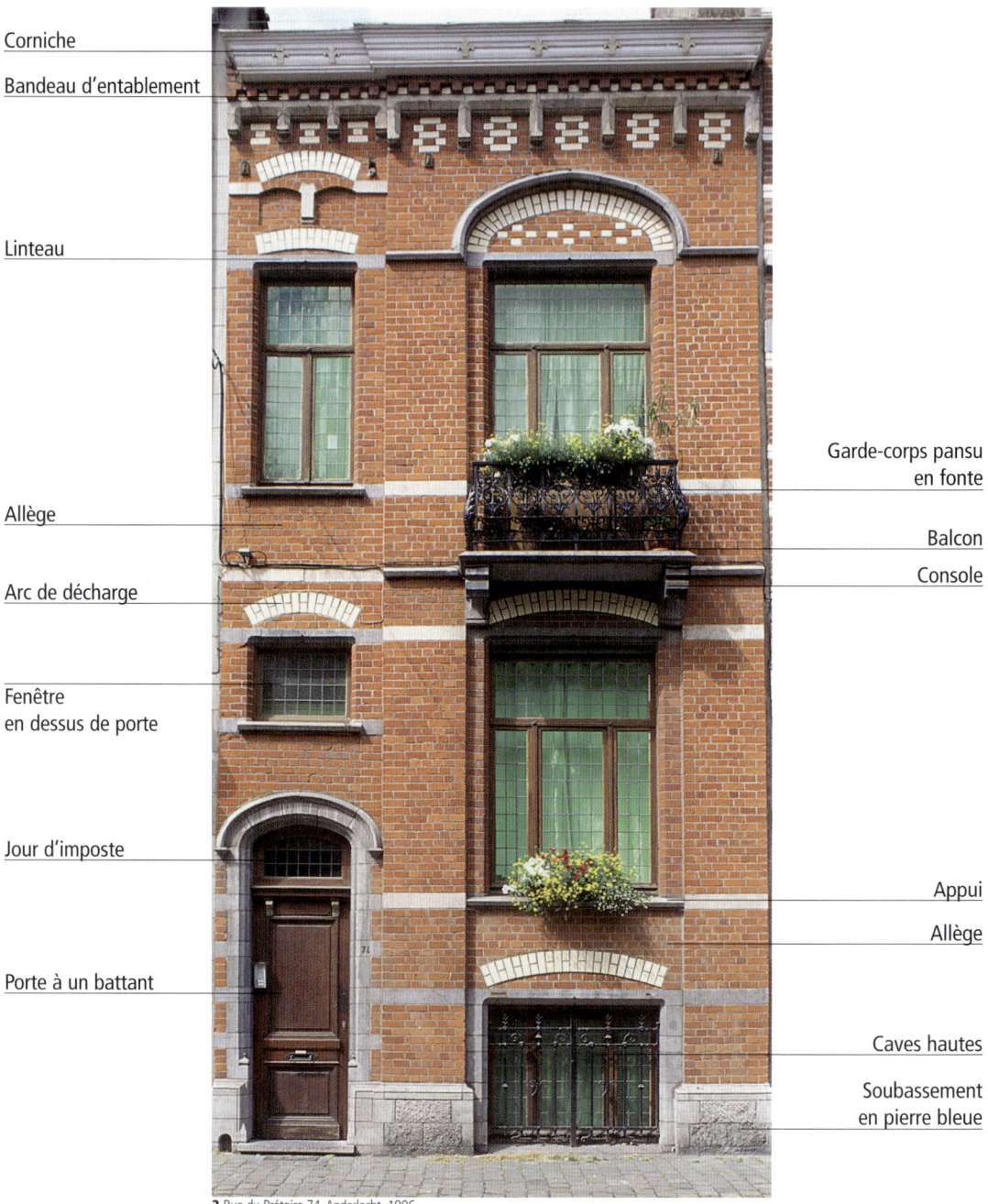

Corniche

Bandeau d'entablement

Linteau

Allège

Arc de décharge

Fenêtre
en dessus de porte

Jour d'imposte

Porte à un battant

Garde-corps pansu
en fonte

Balcon

Console

Appui

Allège

Caves hautes

Soubassement
en pierre bleue

2 Rue du Prétoire 74, Anderlecht. 1906.

Travée d'accès   Travée principale

Travée : superposition d'ouvertures placées dans le même axe vertical

Corniche soutenue latéralement par des modillons étirés

Arc de décharge ménageant un tympan garni de sgraffites

Clef en mascaron

Arc en anse de panier

Arc en plein cintre

Petits-bois :
petits éléments en bois subdivisant un châssis

Triplet de baies

Allège garnie de sgraffite

Linteau

Meneau

Garde-corps

Cordon en pierre bleue

Jour d'imposte

Soubassement

Jour de cave

3 Av. Prekelinden 149, Woluwe-St-Lambert. Z. Juniet. 1914.

Pour un vocabulaire plus spécifique :
corniches → p. 79 et décrochements → p. 120.

4 Av. Paul Deschanel 20, Schaerbeek. Vanderberghe.v.1920.

5 R. de la Senne 75, Bruxelles. 1858.

6 Chée de Charleroi 204, St-Gilles. Édouard Parys. 1891.

7 Av. Seghers 97, Koekelberg. Riel Deweindt. 1936

8 Av. Paul Janson 26, Anderlecht. O. Brison. 1911.

9 Av. Jef Lambeaux 12, St-Gilles. Georges Peereboom. 1898.

10 R. de l'Église 60, Berchem-Ste-Agathe. Fr. Verheyen. 1936.

11 Bd de Smet de Naeyer 148, Bruxelles Laeken. Jules Ghobert. 1923.

12 R. Dodonée 11, Uccle. F. Badoux. 1933.

Petite histoire
des grands styles bruxellois

13 R. Vilain XIIII 9, Ixelles. Ernest Blérot. 1902

14 Av. Louis Bertrand 43, Schaerbeek. Gustave Strauven. 1906.

15 R. Potaerdegat 73, Molenbeek. v.1930.

16 Av. de Tervueren 29, Etterbeek.
Charles Neirynck et Franz d'Ours. 1909.

17 R. Philippe Le Bon 70, Bruxelles Extensions.
Victor Taelemans. 1901.

18 R. Royale 25-27, Bruxelles. Antoine Mennessier. 1876.

Sévérité néoclassique

Le néoclassicisme connaît une **longévité** extraordinaire à Bruxelles. Né sous la domination autrichienne à la fin du XVIIIe siècle, austère et épuré sous les régimes français et hollandais, ce style ne connaît ses derniers soubresauts qu'à la veille de la Grande Guerre.

Sévère, mais non sans **grâce**, il se caractérise par des élévations sobres, **enduites** à la chaux, peintes en **blanc** et percées régulièrement de fenêtres de formes simples (rectangulaires, en plein cintre ou surbaissées). Assises sur des soubassements en pierre bleue et couronnées d'imposantes corniches, ces façades néoclassiques forment la toile de fond de l'architecture bruxelloise.

Le succès de ce style vient de sa capacité de standardisation à tel point que de modestes réalisations privées seront qualifiées de « style entrepreneur ». Simple, **répétitif**, celui-ci est susceptible de répondre correctement aux exigences économiques qui président à l'urbanisation galopante de la ville au XIXe siècle.

Aux environs de 1860, sous l'influence de l'éclectisme, le néoclassicisme bruxellois s'enrichit de **décors antiquisants** dans le traitement du soubassement (bossages), des allèges et de l'entablement. Dans cette même mouvance, les étages sont souvent devancés d'un **balcon**, signe extérieur de richesse, et parfois, au tournant du XXe siècle, d'une logette.

19 R. Docteur De Meersman 9, Anderlecht. L. Crickx. 1883.

20 Pl. des Barricades, Bruxelles. Nicolas Roget. 1824. Classée 08.08.1988.

Cette célèbre place circulaire, terminée en 1824, est typique de l'urbanisation néoclassique. Plus tardive que la place Royale (1776-1782) ou la place des Martyrs (1774-1776), elle poursuit cependant le même idéal de blancheur et de rationalité. La composition est basée sur la répétition et la dépersonnalisation des élévations individuelles traitées en ensemble comme une façade unique, sous toiture continue, à l'imitation d'un palais classique.

LA VILLE BLANCHE

Le néoclassicisme, apparu sous la domination autrichienne et poursuivi sous les régimes français et hollandais, s'impose en réaction à l'habitat pittoresque de l'Ancien Régime caractérisé par la polychromie des matériaux et individualisé par le traitement des toitures en pignon → p.144. Mus par un idéal de rationalité et d'ordre, ces gouvernements tentent de changer l'image, jugée trop folklorique, de la ville. Les anciennes maisons sont systématiquement blanchies à la chaux et les pignons sont rabattus pour former des toitures à croupe, devancées de corniches. Les baies sont rationalisées et perdent leur croisée. C'est l'ensemble qui doit désormais primer au détriment de la façade individuelle.

À l'angle des rues de l'Étuve et des Moineaux, cette maison des années 1800 relève de la première phase du néoclassicisme bruxellois. Au-dessus d'un mince soubassement, la façade se déploie, simple et blanche, percée d'ouvertures rectangulaires et d'œils-de-bœuf dans l'entablement. La corniche confirme l'horizontalité générale de l'élévation. Les encadrements des baies des niveaux supérieurs, ainsi que les petits-bois des œils-de-bœuf, constituent le seul décor. À noter aussi que le coin ne reçoit aucun traitement particulier.

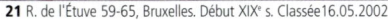

21 R. de l'Étuve 59-65, Bruxelles. Début XIXᵉ s. Classée 16.05.2002.

« OH ! LE BEAU BLANC, ON A ENVIE DE LE LÉCHER ! »

Le néoclassicisme ne plaît pas à tout le monde. Déjà en 1887, on lit dans L'Émulation (p. 116), l'organe de la société des architectes belges, une critique virulente contre ce style. « Il fut un temps où des règlements communaux tenaient ferme la main à ce que le blanc fût respecté en Belgique. On ne pouvait peindre la façade qu'en se conformant à des échantillons déposés à l'hôtel de ville, et qui formaient une gamme allant du blanc légèrement gris au blanc légèrement jaune. C'est de cette époque que datent les files de ces plates façades qui déshonorent nos rues aux yeux de l'artiste et qu'adore la mesquinerie bourgeoise. Nous entendions un jour un propriétaire exprimer en ces termes la jouissance que lui causait la vue de ces monotones et crémeuses surfaces : Oh ! le beau blanc, on a envie de le lécher ! »

Le néoclassicisme ne se limite pas aux seules maisons mitoyennes. Dès la fin du XVIIIe siècle, il habille en périphérie de vastes maisons de campagne, pavillons de chasse et autres gentilhommières, comme le château Malou à Woluwe-Saint-Lambert (1776) ou la Maison des Arts (1826) à Schaerbeek. À Watermael-Boitsfort, il confère à cette demeure de la seconde moitié du XIXe siècle un cachet noble et sévère.

23 Av. Émile Van Becelaere 9, Watermael-Boitsfort. v.1881.

Cette maison de 1869, surhaussée d'un niveau en 1919, témoigne bien de l'évolution après 1860 du néoclassicisme, qui se charge de plus en plus d'ornements. Le rez-de-chaussée est animé d'un décor compliqué de bossages. Les consoles sous la logette (qui remplace le balcon initial) sont enrubannées de lourdes draperies.

22 R. Royale 292, St-Josse-ten-Noode. Antoine Menessier. 1869.

ET ON EN A VU DE TOUTES LES COULEURS !

Depuis longtemps déjà, les façades néoclassiques souffrent de mal-entendus. Dans les années 1950 et 1960, on parementait celles-ci de briquettes → p. 51. Dans les années 1980 et 1990, on trouvait très « déco » de les dérocher de leur enduit à la chaux. En leur conférant ainsi une patine rustique, on les fragilisait définitive-ment : privée de son enduit, la brique résiste mal aux intempéries et à la pollution de l'air. Aujourd'hui, on aime barioler ces façades de couleurs vives. Si ce coloriage semble très sympathique à pre-mière vue, il nie l'identité originelle de l'élévation et, surtout, il rompt l'harmonie des enfilades blanches et majestueuses de jadis.

24 R. Vondel 20, Schaerbeek. Dernier tiers XIXᵉ s.

25 R. de Livourne 85, Ixelles. Fin XIXᵉ s.

26 R. du Lombard 33, Bruxelles. 1860.

27 R. du Viaduc 57, Ixelles. v.1850.

28 R. Vondel 16, Schaerbeek. Dernier tiers XIXᵉ s.. Mansardes établies en 1936.

29 R. Faider 14, St-Gilles. 1876.

30 R. Kessels 60, Schaerbeek. Fin XIXᵉ s.

L'éclectisme
Revisiter l'histoire

À partir de la seconde moitié du XIXᵉ siècle, de nombreux quartiers sortent de terre et marquent l'émergence d'une architecture bourgeoise et éclectique, conséquence de l'enrichissement et de l'affirmation des classes moyennes.

Bruxelles devient le terrain privilégié d'une architecture historiciste. Le **passé**, du gothique au rococo, constitue une **source intarissable d'inspiration** pour les architectes qui, non contents de reprendre littéralement la grammaire d'un certain style, n'hésitent pas, dans certains cas, à en **mélanger** plusieurs au sein d'une même façade.

Le résultat, merveilleux ou monstrueux selon les goûts, témoigne surtout de l'extraordinaire **maîtrise des différents métiers** de la construction à cette époque, depuis la taille des pierres jusqu'au travail du fer, du bois ou du verre.

Beaucoup d'élégance dans cette haute façade de la rue de Namur, où les grammaires de styles s'entrechoquent sans se nuire, sous le regard protecteur d'un grand aigle. Sous la corniche pittoresque, une frise d'arcatures entrecroisées, d'inspiration néo-romane, couronne le tout. Les baies, dotées de coussinets compliqués, sont garnies de châssis à traverse denticulée.

32 R. de Namur 2, Bruxelles. Daniel Francken. L. Chatelineau, sculpt. 1886.

Cette splendide façade de Jules Brunfaut parle l'italien, avec un accent toscan prononcé. En plein Saint-Gilles, elle revisite en 1900 le vocabulaire de la cathédrale de Sienne, avec son appareillage zébré, ses fenêtres cintrées et géminées et son pignon à motif de damier. Un petit cartouche trilobé renvoie à l'art de Giotto.

31 R. Américaine 27, St-Gilles. Jules Brunfaut. 1900.

Cette façade schaerbeekoise propose une version féminine et délicate de la Renaissance française. Aux étages, la façade couronnée de pinacles est devancée d'un bel oriel de deux niveaux qui imprime symétrie et élégance à l'ensemble. Le losange constitue le leitmotiv ornemental de l'élévation ponctuant les allèges, les trumeaux et les jours d'imposte.

33 R. des Pâquerettes 118, Schaerbeek. 1912.

Ô noble Belgique

De 1850 à 1914, on nage en plein anachronisme dans l'idée de prolonger le passé. Le néogothique et le néo-Renaissance flamande, styles « nationaux », se taillent la part du lion dans nombre de quartiers de la première ceinture (Schaerbeek, Saint-Gilles, Ixelles, Anderlecht, Etterbeek). Exploitant les potentialités du vocabulaire architectural des XVe, XVIe et XVIIe siècles, des façades mitoyennes exaltent l'âge d'or des anciens Pays-Bas méridionaux dans un savant mélange de fantaisie, de savoir-faire artisanal et de chauvinisme. Le soin accordé aux détails démontre, si besoin en était, combien l'architecture ancienne fait l'objet à l'époque d'études archéologiques. En savoir plus ? Voir le chapitre « La ville à pignons ».

34 Bd de la Révision 66, Anderlecht. Hector Gérard. 1900.

Pignon à gradins, tourelle sur cul-de-lampe figurant un visage masculin, remplage des arcs, fenêtres à croisées : le style gothique trouve dans cette mince façade du quartier de Cureghem un lieu de prédilection pour revivre. Mais, à bien y regarder, cette maison ne peut mentir sur son âge véritable. Le pignon est faux : il est plaqué devant la toiture parallèle, toiture typique des constructions bruxelloises des XIXe et XXe siècle. → p. 146.

35 R. de Toulouse 47, Bruxelles Extensions. Dolf Vanroy. 1910. Classée 09.07.1992.

La plus fabuleuse des habitations gothiques de Bruxelles date de 1910 ! Il s'agit de l'habitation d'un peintre, nostalgique de l'époque de Jean Van Eyck. Au-dessus de la porte d'entrée, un cartouche reprend la devise du grand primitif « Aze ick kan » (comme je le peux). La maison s'organise en double corps, l'un en briques, l'autre en retrait et ceint par une courette devancée de grilles ponctuées des petits lions chers aux artistes du XVᵉ siècle. Le corps principal, en pierre blanche, se souvient de l'architecture anglaise de style Tudor avec ses fenêtres en anse de panier ou à arc brisé et sa logette sommée de pinacles et d'acrotères en feuille de choux.

36 Av. Albert-Élisabeth 30, Woluwe-St-Lambert. Edmond Serneels. 1909.

À Woluwe-St-Lambert, l'architecte Serneels joue avec le vocabulaire de l'architecture flamande du XVIᵉ siècle. Le rez-de-chaussée est percé à droite d'une large fenêtre caractéristique en anse de panier. Cette forme est également reprise dans l'arc au-dessus de la baie du deuxième étage.

37 R. de l'Hôtel des Monnaies 90, St-Gilles. Hubert De Kock. Helman C., céram. 1889.

Le style néo-Renaissance flamande s'est tellement popularisé qu'il est utilisé dans des productions courantes assez modestes. Hubert De Kock en a souvent usé dans ses constructions. Au cours de sa carrière, typique de la fin du XIXᵉ siècle, cet architecte-promoteur-entrepreneur construit, généralement sur des terrains qu'il a acquis, une petite centaine de maisons mitoyennes à Saint-Gilles, modestes par leur gabarit, soignées par l'attention accordée à la façade.

L'Art nouveau

Rénovateur et original, l'Art nouveau **libère**, à partir de 1893, les façades de leur carcan historiciste. Sous l'impulsion de pionniers comme Victor **Horta** → p. 62 ou Paul **Hankar** → p. 60, il remodèle le visage de la ville par ses **formes souples** inspirées du monde **végétal**, par la mise en œuvre de matériaux non « nobles », telles des **poutrelles métalliques** ou des **briques émaillées**, et par l'organisation **peu conventionnelle** des façades où désormais prennent place des frises de **sgraffites** ou de carreaux de **céramique**. **Art total**, l'Art nouveau, loin de se limiter à la façade, s'étend à la conception entière de la maison, modifiant radicalement le sempiternel « trois pièces en enfilade ».

Si, à ses débuts, il reçoit un accueil assez mitigé, limité à une élite éclairée, l'Art nouveau est **rapidement popularisé**, ce qui lui vaudra une fin prématurée.

Au travers des deux personnalités fondatrices, Horta et Hankar, se dégagent les deux tendances de l'Art nouveau. Horta voit dans la nature, dans son organicité, le modèle à suivre, donnant naissance à un Art nouveau inspiré par le règne **végétal**, aux lignes sinueuses et enchanteresses. « Ce n'est pas la fleur, moi que j'aime à prendre comme élément de décor, c'est la tige », confie-t-il en 1899 à Hector Guimard, confirmant ainsi le principe structurel de son art. Paul Hankar, au contraire, s'affranchit de l'emprise de la nature pour créer une architecture aux lignes épurées, proches de la Sécession viennoise. L'**Art nouveau géométrique** est né : il porte en germe l'Art Déco.

Photos de haut en bas :
R. Vilain XIIII, 11 Ixelles.
R. Vilain XIIII, 9 Ixelles.
R. Africaine 92, St-Gilles.

38 R. Vilain XIIII 9 et 11, Ixelles. Ernest Blérot. 1902.
N°9 classée 15.03.1983 et n° 11 classée 10.06.1993.

39 R. Africaine 92, St-Gilles. Benjamin De Lestré - De Fabribeckers. 1905. Classée 04.12.1997.

40 Av. des Rogations 21, Woluwé-St-Lambert.
Édouard Frankinet. 1903. Sauvegarde 02.04.1999.

UNE RÉSURRECTION DE L'ARCHITECTURE !

En février 1901, à la mort de Paul Hankar, L'Émulation publia le vibrant hommage que Paul Hamesse écrivit au nom des anciens élèves du maître disparu. Cet éloge funèbre résume toutes les convictions de l'Art nouveau. « Maître ! Avec quel enthousiasme, guidés par toi, nous avons entrevu cette résurrection de l'architecture ; avec quelle joie tu nous as transportés vers cette voie nouvelle de l'art architectural dont tu es un des premiers et des plus hardis pionniers. Tu nous as fait comprendre qu'il y avait une façon plus grande, plus noble d'honorer les glorieux architectes du passé qu'en répétant leurs œuvres sublimes. (…) Tu nous as dit qu'en art comme en tout il fallait suivre l'évolution ; que l'architecte devait être de son siècle et non pas l'ombre ou le reflet des autres ; que piétiner sur place c'était reculer ; qu'il n'y avait pas d'art là où il n'y avait pas de personnalité, enfin qu'on devait construire logiquement par rapport aux matériaux employés, logiquement par rapport au climat du pays. »

41 Av. Besme 103, Forest. Alphonse Boelens. 1903.

Loin de se contenter de réalisations d'exception, l'Art nouveau s'est aussi intéressé à des programmes privés modestes. L'Art nouveau géométrique trouve dans cette petite maison de Paul Hamesse une réalisation convaincante. La structure de la façade est bien ordonnée par sa corniche faisant ressaut aux extrémités, ses lucarnes axiales et son soubassement en pierre bleue qui est traité de manière soignée et presque monumentale.
Cependant une certaine dissymétrie, toute nouvelle, est induite par la répartition des ouvertures.

42 R. des Mélèzes 76, Ixelles. Paul Hamesse. 1903.

Art Nouveau et Éclectisme

La force de l'éclectisme réside dans le fait qu'il fait flèche de tout bois. Loin de se laisser impressionner par l'Art nouveau qui désire avant tout sa mort, l'éclectisme réussira à s'emparer des formes végétalisantes imaginées par Horta et ses adeptes et à les réduire à un style parmi d'autres. L'Art nouveau, qui se voulait un langage total et structurel, devient vocabulaire ornemental.

L'influence de l'Art nouveau a pu s'exercer dans l'éclectisme de diverses manières. Tout d'abord par l'emploi de nouveaux matériaux dans la façade, comme les poutrelles métalliques pour les linteaux ou les briques émaillées de toutes les couleurs pour le parement. Mais aussi par le placage de formes typiques de l'Art nouveau – arcs outrepassés, courbes et contre-courbes – sur des élévations conventionnelles

Cette belle façade éclectique s'assortit de quelques éléments typiques de l'Art nouveau : parement en briques jaunes des étages, garde-corps s'épanouissant en motif floral, décor de plaques émaillées des tympans et de l'entablement.

43 R. de la Victoire 34, St-Gilles. 1898.

Le style Beaux-Arts
ou le règne des pâtissières

Méconnu et pourtant si répandu, le style Beaux-Arts a répondu de manière très satisfaisante aux aspirations de la **bourgeoisie** bruxelloise **du premier tiers du XXᵉ siècle**. Vers 1900, l'emprise de l'Art nouveau, popularisé et vulgarisé à grande échelle, se fait de plus en plus oppressante. Pour beaucoup, ce style a perdu sa magie des premiers temps et ne se résume plus qu'à une expression nouille de l'architecture.

Dans ce contexte dépréciatif de l'Art nouveau va émerger progressivement une conception plus historiciste de la façade. Tout en ne retournant pas à l'éclectisme triomphant de la fin du XIXᵉ siècle, on commence à flirter avec bonheur et conformisme avec les styles français. Les grands Louis se voient accommodés sans complexe à la sauce bourgeoise bruxelloise. Le nom même de ce style renvoie à la France, à **l'Académie des Beaux-Arts de Paris**, véritable conservatoire des formes du passé.

Le Beaux-Arts, acclimaté sous nos cieux gris, connaît une longévité exceptionnelle, non pas tant par sa durée que par le fait qu'il survit sans sourciller à la Grande Guerre. Né vers 1900, il s'éteint vers 1930 environ, contemporain des réalisations de l'Art Déco et du Modernisme. Employé pour de **nombreuses typologies**, il convient aussi bien pour des sièges de grandes sociétés, des vastes immeubles à appartements, mais aussi des maisons bourgeoises et mitoyennes.

Au point de vue formel, ce style se complait dans une sagesse de la polychromie, en mettant à l'honneur la **pierre blanche** (ou le simili → p.109), rappel de la noble pierre de France. Parfois, des contrastes de bon ton sont créés avec **des briques de teinte orangée** ou de la pierre bleue, usitée avec parcimonie. La pierre blanche s'étend souvent jusqu'à la corniche, qui connaît les **formes chantournées** ou cintrées les plus délirantes.

Par rapport aux courants éclectiques du XIXᵉ siècle, une attention accrue est accordée à la lumière. Les **fenêtres sont importantes** et garnies de châssis à petit-bois au profil souple et de verres biseautés. Dans les façades privées, le Beaux-Arts marque la prépondérance du **bow-window sur plan arrondi**, qui devance le premier étage et sert d'assise à la terrasse du dernier niveau.

44 Av. de Tervueren 29, Etterbeek.
Charles Neirynck et Franz d'Ours. 1909.

45 Av. de Tervueren 166, Woluwe-St-Pierre. Franz d'Ours. 1913.

46 Av. Émile Verhaeren 18, Schaerbeek. Léon Denis. 1917.

L'ornementation est luxuriante et fait la part belle au **décor néo-Rocaille**, avec des mascarons, des cartouches, des imitations de treillis, des coquilles, le tout déchiqueté à la mode du XVIIIe siècle français. Pour les grilles et les garde-corps, on abandonne la fonte au profit du **fer forgé**, travaillé en section carrée et formant des **circonvolutions de boucles riantes**. Le fer forgé s'empare également de la porte d'entrée, métallique et le plus souvent ajourée de verre ondulé.

Parmi les architectes qui s'adonnèrent avec passion à ce style, peu sont connus aujourd'hui. Citons l'extraordinaire Albert Roosenboom, collaborateur renégat de Horta, Paul Piquet, qui travailla beaucoup avenue Molière, Franz d'Ours (ou Dours), qui dota l'avenue de Tervueren d'hôtels de maître plus pâtissiers et mirobolants les uns que les autres, Léon Janlet, Léon Denis à Schaerbeek, etc.

47 Av. Eugène Demolder 32, Schaerbeek. François Hemelsoet. 1909.

«Par horreur du Modern-Style»

Dès 1905, l'architecte Albert Roosenboom se lance à corps perdu dans la revisitation du Louis XV dans un style qu'on peut qualifier de Beaux-Arts. Cet ancien élève d'Horta, qui a donné à l'Art nouveau bruxellois quelques beaux immeubles de ce style, renie son passé qu'il juge sévèrement dans un texte de 1910 intitulé «Par horreur du Modern-Style». «Vous me demandez, cher Monsieur, comment après avoir subi comme tant d'autres l'influence du Modern-Style, j'en suis arrivé à traiter le XVIIIe siècle. C'est en me promenant un jour parmi les ruines du château La Motte (…), que je crus comprendre la beauté de cette architecture. (…). J'y goûtai tant de poésie et de charme, que le souvenir de la silhouette élégante du château dans ce décor de rêve orienta mon goût vers ce passé encore si proche de nous. Je recherchai d'autres spécimens de cette brillante architecture; c'est ainsi que je visitai Ypres qui a conservé tant de souvenirs du plus aimable des siècles. On y voit encore de ces vieux hôtels de maître Louis XV, traités d'une façon plus rustique, avec des matériaux plus colorés que ne le comporte généralement le style français. (…)

S'il est donc possible de donner une note personnelle aux réminiscences de cet art, j'estime qu'on peut, sans trop d'anachronismes, adapter aux intérieurs XVIIIe siècle tout notre confort moderne et quant à l'extérieur, il m'est d'avis qu'une architecture n'est belle que pour autant qu'elle puisse tenter le pinceau du peintre et ce ne sont certes pas les motifs «cerceaux sur chevalets» et les briques vernissées pour W.C. qui feront jamais le bonheur d'un artiste.»

ALBERT ROOSENBOOM, IN LE HOME, 3-4, 1910, PP. 15-16.

R. Américaine 219, Ixelles.
Albert Roosenboom. 1914.

R. Faider 83, Ixelles.
Albert Roosenboom.
Privat Livemont, sgraf. attrib. 1900. Classée 07.12.1981.

Deux façades de l'architecte Roosenboom, l'une « historiciste » (Beaux-Arts, 1914), l'autre « novatrice » (Art nouveau, 1900) illustrent à merveille à quel point les deux styles, bien que souvent présentés comme opposés, sont issus du même siècle. Un goût semblable pour l'ornement et les courbes savantes irradie de ces réalisations.

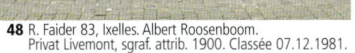

48 R. Faider 83, Ixelles. Albert Roosenboom. Privat Livemont, sgraf. attrib. 1900. Classée 07.12.1981.

49 R. Américaine 219, Ixelles. Albert Roosenboom. 1914.

L'Art Déco

Dans l'entre-deux-guerres, se dessine une tendance à la **simplification** et à la **stylisation** des formes et de l'ornementation, qui sera consacrée en 1925 lors de l'Exposition internationale des Arts décoratifs de Paris. Bruxelles, qui connaît à ce moment-là une nouvelle phase importante d'urbanisation, réserve un grand **succès** à cet « Art Déco », adopté aussi bien dans les premiers « gratte-ciel » de la capitale que dans l'urbanisation de la seconde couronne (Jette, Berchem-Sainte-Agathe, Laeken, Forest …).

L'Art Déco bruxellois se caractérise par l'usage de **formes massives et géométrisées**, exaltées par une **multitude de parements** : jeux de briques, enduits savants, cimorné → p. 109, marbres, carreaux de céramiques. Précieuse par ses textures, plastique par ses formes, la façade Art Déco joue en outre sur les **couleurs** franches et contrastées des châssis.

Plus qu'un style, l'Art Déco est un **esprit**. Face aux modernistes radicaux, il affirme la nécessité de **l'ornement**. Ses nombreuses sources d'inspiration – régionaliste, africaniste ou hispanique – font de lui un style d'une étonnante fantaisie.

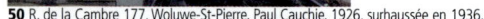

Paul Cauchie, → p.66, construit en 1926 cette maison qu'il exhaussera d'un niveau dix ans plus tard. Pour cette habitation modeste, il s'adapte complètement à l'Art Déco, jouant d'une opposition entre un enduit gris et rugueux et un crépi blanc animé de petits tores verticaux sur les trumeaux. Le décorateur ne renonce pas au sgraffite et accommode sa figuration musculeuse d'Orphée aux formes géométrisées de l'après-guerre. Il s'agit de l'un des derniers sgraffites de Bruxelles.

50 R. de la Cambre 177, Woluwe-St-Pierre. Paul Cauchie. 1926, surhaussée en 1936.

51 R. Cervantès 39, Forest. 1934.

52 R. Timmermans 66, Forest. Frans Van Meulecom. 1924.

53 R. Félix Sterckx 21, Bruxelles Laeken. 1928.

54 R. du Cloître 71, Bruxelles Laeken. Louis Tenaerts. v.1925

.MON.SITE.

55 R. Timmermans 69, Forest. Maurice - A. Van Cauwelaert. 1928.

56 R. Jules Lejeune 19, Ixelles. Marcel Collet. 1927.

DES SIGNES AVANT-COUREURS DE L'ART DÉCO

En Belgique, la transition architecturale entre l'avant et l'après Première Guerre se fera sans douleur. L'Art nouveau géométrique, par ses lignes franches et sa simplification ornementale, portait déjà en lui les germes de l'Art Déco.

En 1911, le Palais Stoclet, édifié par le Viennois Hoffmann, ébranle durablement les esprits et fait déjà pressentir les changements architecturaux de l'après-guerre. Par ailleurs, l'architecte Antoine Pompe jouera, lui aussi, un rôle de précurseur. En 1912, il construit à Saint-Gilles la clinique du Docteur Van Neck, d'une modernité stupéfiante. L'année suivante, dans la prestigieuse avenue Molière qui se caractérise surtout par des constructions Beaux-Arts, il propose, en collaboration avec l'architecte Fernand Bodson, une façade annonciatrice de l'Art Déco par la simplification générale de son élévation et le contraste de ses matériaux.

Dans le dispositif d'entrée de la Maison Gheude, on sent particulièrement bien la géométrisation imprimée aux divers éléments, qui gagnent en massivité.

58 Av. de Tervueren 281, Woluwe-St-Pierre. Joseph Hoffmann. 1905-1911. Classée 30.03.1976.

LE PALAIS STOCLET

En 1912, des architectes belges visitent le palais Stoclet. L'impression est forte : tous prennent de plein fouet la nouveauté de ce langage architectural. Dans la revue Tékhné (n° 79, 1912), un compte-rendu savoureux relate le séisme provoqué chez les constructeurs bruxellois.

«Avant toute chose, il faut remercier M. Stoclet d'avoir édifié cette somptueuse demeure, d'avoir mis sa fortune au service d'une telle recherche, d'avoir aidé les artistes dans leur effort vers «autre chose». (…). Hoffmann, architecte viennois, a fait œuvre «moderne» en s'écartant totalement de toute espèce de traditions.

Il faut, a dit quelqu'un, accepter le tout en bloc ou le rejeter. Quelques-uns ont dit oui, quelques autres ont dit non; la plus grande partie, après le désarçonnement bien naturel du premier moment, ont regardé profondément. Leur émotion se traduisait par des bouts de phrases, des propos murmurés dont j'ai surpris quelques-uns.

- C'est de l'anglais germanisé, de l'arabe modernisé, du byzantin byzantinisé.

- Mais quel luxe étourdissant, éblouissant, quelle recherche hardie et ingénieuse, quel confort et comme tout est adapté à la vie moderne.

- Une chose m'épate, c'est qu'il y a de l'unité dans ce charabia.

- Ne crois-tu pas, qu'ici, quand tout dort, Pelléas se met à la recherche de Mélisande?

- C'est de l'art évidemment, mais un art tout intellectuel.

- Baudelaire avait rêvé de cela : c'est d'une magnificence un peu austère; c'est du marbre et de l'or; c'est froid et prenant.

- Quelle simplicité, quelle pureté dans la ligne, quel magnifique dédain pour les formes ronflantes.

- C'est froid, peut-être, mais d'une haute tenue et d'un abord hautain; quelques coins sont gracieux dans cette noblesse et j'y ai même senti un peu de sensualité.

- Le marbre poli n'est-il pas le matériau le plus beau qu'on puisse rêver, n'est-il pas un décor a lui tout seul?

- Qu'a voulu dire celui qui a fait cela?

- Il t'a secoué et rudement même et tu en avais bien besoin! (…)»

L'Art Déco et l'appartement

L'entre-deux guerres est marqué par une pénurie de logements, due certes aux destructions occasionnées par le conflit, mais aussi au « manque à construire » pendant les quatre années qu'il dure, la guerre ralentissant considérablement le secteur de la construction. En outre, la société change. Moins fondée sur l'apparat et la présence de domestiques, la vie se fait plus pratique.

La mode est donc aux appartements, plus commodes, moins coûteux et dont la plupart s'accompagnent de progrès techniques non négligeables : ascenseurs, ouvre-portes, vide-poubelles, etc. On entre dans la civilisation ménagère, selon les termes employés à l'époque. Ce type de vie, que tout Bruxellois d'avant-guerre aurait purement et simplement refusé, devient la norme courante. Des immeubles à appartements se construisent de toutes parts et pour toutes les bourses. Parmi les plus impressionnants, citons les « gratte-ciel » (on les qualifie comme tels à l'époque) du quartier de l'Université à Ixelles. Parmi les plus opulents, retenons le Résidence Palace, qui proposait tout à la fois des appartements d'une superficie gigantesque et tous les services d'un hôtel de luxe. À côté de ces réalisations d'exception, la capitale offre un éventail d'immeubles plus modestes, qui s'approprient eux aussi l'esthétique géométrique de l'Art Déco, parfois présente dans d'infimes détails.

59 R. Vanderdussen 42-44, Molenbeek. Julien Roggen. v.1930.

60 R. Jules Besme 110-112, Koekelberg. H. De Bruyne. 1927.

Lyrisme moderniste

Né dans les années 1920 de la même couvée que l'Art Déco, le modernisme, contrairement à celui-ci, clame haut son dégoût de l'ornement. À l'instar de son chef de file, Le Corbusier, il entonne un refrain, qui sera celui de toute l'architecture du XXe siècle : « La forme suit la fonction. » Le modernisme radical, relativement rare à Bruxelles, donne lieu à une architecture épurée, rendue possible grâce à la mise en œuvre d'un matériau nouveau, le **béton** armé. Non dénuée d'un lyrisme certain dans l'entre-deux-guerres, la façade, **crépie et claire**, se déploie comme un grand voile, avec ses **baies en bandeau** garnies de briques de verre ou de **châssis métalliques**. Le toit abandonne la bâtière traditionnelle pour devenir **terrasse**. Les garde-corps ouvragés du passé font place à de simples **rambardes tubulaires**.

« En face d'habitations bourgeoises grises, médiocrement éclairées, dont la fantaisie extérieure ne rachète pas la banalité intérieure, voici une architecture d'une gravité heureuse, telles que la souhaitent ceux qui sentent se gonfler en eux la force et la joie de l'avenir ! » Bâtir, 44, 1936, p. 781.
Manifeste de la pensée et des formes modernistes, la Maison de verre est édifiée en 1935 sur les plans de Paul-Amaury Michel pour lui servir d'habitation personnelle. Sa forme se résume à un parallélépipède rectangle. Animée au rez-de-chaussée par un pan de mur convexe et une porte en retrait, la façade est complètement ajourée aux étages. Le volume est terminé par un toit-terrasse, protégé côté rue par un parapet.

61 R. Jules Lejeune 69, Uccle. Paul-Amaury Michel. 1935. Classée 24.09.1998.

STYLE PAQUEBOT

À partir de la fin des années 1920, une nouvelle familiarité avec la technologie développe l'attrait pour la ligne pure et les surfaces élémentaires. Toutes les formes du machinisme moderne – navires, avions, automobiles – auront une incidence considérable sur l'architecture. L'architecture navale séduit plus que toute autre au point de se retrouver telle quelle dans des constructions par des évocations de cheminée de bateau, de hublot ou de bastingage. Cette tendance anecdotique connaîtra sous l'appellation de « style Paquebot » davantage les faveurs du public bruxellois que le modernisme pur et dur.

62 Av. Jules César 120, Woluwe-St-Pierre. Lucien De Vestel. 1933.

63 Av. Coghen 68, Uccle. Louis Tenaerts. v.1930.

64 R. de l'Église 60, Berchem-Ste-Agathe. Fr. Verheyen. 1936.

DES DÉBATS COMME DES COMBATS

L'entre-deux-guerres marque le temps de débats passionnés. Les pour ou contre vont bon train sur les sujets architecturaux les plus diversifiés (ornement, architecture traditionnelle, vie en appartement, etc.). La virulence du ton témoigne de l'ardeur qui anime ces discussions. Ici, Antoine Pompe contre Stanislas Jasinski.

« Cette architecture « synthétique » s'exprime suivant les termes consacrés, par des « jeux de volumes » animés d'un « dynamisme » particulier que seuls possèdent les initiés et les purs. (…) La toiture, le pittoresque et l'ornement sont voués à l'exécration. Le « Romantisme », pour l'appeler par son nom, voilà l'ennemi, l'impur ! Le principe rédempteur, c'est la « dèche » ; son expression le « standard » ; en dehors de cela point de salut. Eh bien, n'en déplaise aux détenteurs de la « vérité » dernière venue, je ne crois nullement que la renaissance dépende uniquement de ces dogmes. Et puis, on n'a déjà que trop confondu auto, avion, steamer et habitation ! » ANTOINE POMPE, LA MALADIE DU SIÈCLE, IN CLARTÉ, MARS 1929, P. 5.

« Les jeunes estiment que le moment est venu de faire le bilan des méfaits du conformisme. (…) Nous voulons faire quelque chose, n'importe quoi, pourvu que ce soit utile. Nous voulons démolir – nous savons pourquoi – et nous voulons rebâtir – nous savons comment ! La maison de l'homme de 1880, de 1890, ne nous convient plus. Nous a-t-elle jamais convenu ? Vieille à peine de cinquante ans, souvent moins, elle s'est révélée à ce point impratique et inadaptable que progressivement, les unes après les autres, on est contraint de les abandonner. (…)

Qu'il s'agisse d'un pain, d'une automobile, d'un crayon, d'un vêtement, d'un meuble, toute production doit être utilisée selon son ordre et jetée au rebut ou à la récupération qui la transforme dès qu'elle ne correspond plus aux besoins qui l'ont engendrée. Pourquoi l'architecte se déroberait-il à cette loi de renouvellement perpétuel et nécessaire ? Les peuples dignes de l'avenir sont ceux qui sauront rejeter du passé tout ce qui est susceptible de porter entrave à cette naissance. (…) » STANISLAS JASINSKI, LA VILLE AU CŒUR POURRI, IN BÂTIR, 13, 1933, PP. 486-489.

Les années 1950 et 1960
Entre Spirou et conformisme

Les années 1950 et 1960 marquent le temps d'une fuite en avant, en quête d'une (impossible) modernité. Quartiers anciens massacrés, autoroutes urbaines et tours démentielles : Bruxelles se cherche en se niant.

Dans les communes périphériques de l'agglomération, la ville continue de grandir, de plus en plus uniforme et confortable. Vastes immeubles à appartements et maisons « bel étage » se disputent les faveurs du public.

Par ailleurs, face à ces expressions architecturales conservatrices, se développent dans la mouvance de l'Expo'58 des habitations plus riantes, originales, qui inspirèrent les décors de bandes dessinées de l'époque. Un genre encore fort dénié aujourd'hui et que certains appellent déjà « style Spirou »...

65 R. Vervloesem 189, Woluwe-St-Lambert. R. Timmermans. 1954.

Le style Spirou (1955-1965)

À l'horizontale et à la verticale, le style Spirou préfère la ligne en biais, qu'il applique à certains éléments ; implantation de la maison, encadrements des baies, auvents, balcons... Les fenêtres, généralement en bandeau, sont garnies de châssis en pin blanc ou en aluminium. Au bel étage, elles sont souvent devancées d'une logette ou d'un balcon.

Le Spirou, c'est aussi des couleurs et des matériaux, parfois nouveaux, qu'on mélange astucieusement et sans complexe ; pierre blanche reconstituée → p. 109, quartzite, briques de couleurs, dalles de schiste, planchettes de bois, tablettes de plastique de couleurs pures (appelées « glazal » à l'époque). À ces types de parement s'ajoutent parfois des petits décors en céramique ou des vitraux géométriques dans certaines baies.

Le chantre, c'est l'architecte Jacques Dupuis → 155. Mais, à côté de ce grand poète hors normes, il est bien d'autres constructeurs, qui, sans atteindre ce degré de lyrisme, n'en sont pas moins à redécouvrir : Raoul Brunswyk, Pierre Guilissen, Léonard Omez, Robert Schuiten, …

66 Av. des Désirs 29, Evere. Guy Decoster. 1962.

67 Av. de la Basilique 51, Berchem-Ste-Agathe. J. B. Vandenhote. 1957.

68 R. Ferdinand Lenoir 95, Jette.
Raoul Brunswyck. 1958.

69 R. Pierre Van Obberghen 8-10, Evere. J. Van Immelen. 1957.

Et aujourd'hui ?

Bien que la ville offre encore des espaces à lotir, l'architecture privée actuelle a du mal à s'affirmer, prise entre la promotion immobilière, d'une qualité souvent assez médiocre, les goûts du public et les contraintes urbanistiques en place. Si dans les années 1980 et 1990, les façades affichent un post-modernisme assez triomphant, elles se font aujourd'hui souvent plus discrètes.

LEITMOTIVS POST-MODERNES

Avec les années 1980 et le début de la décennie suivante, l'esthétique post-moderne connaît une grande popularité à Bruxelles. En apparence plus respectueux de la ville ancienne que la génération précédente, les tenants du post-modernisme ont réussi à s'imposer non seulement pour la construction de bâtiments nouveaux, mais aussi pour la rénovation, suivant une esthétique façadiste assez folle.

Le post-modernisme, facilement identifiable, rapidement vulgarisé, additionne un certain nombre d'éléments caractéristiques qu'il accommode différemment suivant les constructions. De façon générale, le carré et surtout le cercle, formes simples, sont à l'honneur ; fenêtres ou toitures en demi-lune ou en quart de rond, oculus, etc. Côté châssis, on les aime en PVC, taillés en section large et teintés de couleurs franches .

Cette petite façade uccloise (4,50 m), typiquement post-moderne, déborde vers la rue par sa logette entièrement vitrée jumelée à un jardinet suspendu. L'entrée est placée en retrait. Le motif formel de la demi-lune est repris à la fois dans la grande fenêtre terminale et dans le profil de la logette.

70 Vieille rue du Moulin 138, Uccle. François Van Eetvelde. 1988-1989.

... VIVONS CACHÉS

S'il est difficile de se prononcer sur les façades d'aujourd'hui, il s'avère cependant possible d'en dégager certaines tendances.

Tout d'abord, on observe que la façade actuelle n'est plus le lieu d'expression privilégié de l'architecte et du commanditaire. La maison ne s'affiche plus côté rue mais semble opérer un repli sur elle-même, excluant la voie publique. L'idée, chère au XIXe siècle de participer à «l'embellissement de la rue» lui semble a priori étrangère.

Dans cette même logique, la façade apparaît avant tout comme la résultante de l'espace intérieur : elle a perdu son ancienne autonomie de représentation. Les formes élémentaires des baies, le décor quasi nul et les matériaux limités à de simples appareils enduits ou à des bardages de bois la font ressembler aux façades arrière de jadis. D'un point de vue formel, les jeux savants sur les proportions et l'harmonie des volumes remettent en question la structure traditionnelle en niveaux et en travées bien délimités. On perçoit bien la permanence de l'héritage moderniste dans cette absence d'intérêt pour l'ornementation. Dans nombre de cas, ce modernisme se renforce de conceptions «bio» : on observe que les niveaux inférieurs sont presque opaques, alors que les derniers étages et le toit sont souvent percés d'ouvertures gigantesques. En communion avec les nuages et la nature, la maison se détourne de l'agitation de la rue et de sa pollution. Dans cette même idée, la «belle» façade est souvent tournée vers le jardin…

71 R. des Hellènes 42, Ixelles. Nathalie Ries. Ney et Partners, 1999.

72 R. Renier Chalon 42, Ixelles. Atelier d'architectures Champs Elysées. 1998.

73 R. Renier Chalon 48, Ixelles. Atelier d'architectures Champs Elysées. V. 1998.

74 R. de Venise 29A, Ixelles. Olivier Noterman. 2000.

Adrien Blomme

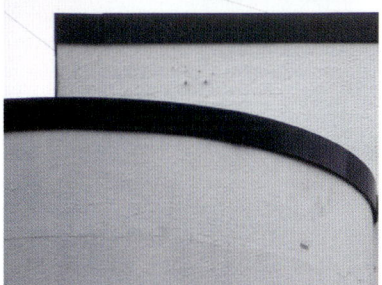

Au bonheur des styles

Pour les uns, il a mangé à tous les râteliers. Pour les autres, il témoigne d'une qualité rare chez un grand architecte : celle d'avoir su s'adapter aux bouillonnements de son époque. Adrien Blomme a traversé la première moitié du siècle en se jouant des styles, par une adéquation toujours renouvelée de son langage personnel aux modes successives, dans le respect des goûts d'une clientèle souvent fortunée. Portrait d'une œuvre architecturale en évolution constante, née de l'intelligence d'un homme heureux dans son siècle comme un poisson dans l'eau.

En 1908, au tout début de sa carrière, Blomme édifie sa maison personnelle aux angles des rues Américaine et des Mélèzes à Ixelles. Au-delà de quelques emprunts à des grammaires architecturales existantes – gigantesque pignon à la flamande qui couronne la travée d'angle, usage traditionnel de la brique rehaussée de pierre blanche et d'ancres –, la mise en forme finale est tout à fait originale ; traitement de l'angle en terrasse, proportions des niveaux qui vont en s'amplifiant pour finir en un pignon monumental, forme en escalier de certaines fenêtres qui crée un mouvement ascensionnel dans l'angle.

75 R. Américaine 205, Ixelles. Adrien Blomme. 1908. Classée 05.06.1997.

En 1909, Blomme opte sagement pour l'élégance du style Beaux-Arts, pour la maison que lui commandite son beau-frère. Porte largement ajourée, garde-corps faits de boucles de fer forgé entrelacées, parement en pierre de France, baies cintrées et chantournées, clefs en mascarons Louis XV : tous les charmants poncifs du Beaux-Arts sont ici roya-lement orchestrés.

76 R. St-Bernard 44, St-Gilles. Adrien Blomme. 1909.

COMBLÉ DES DIEUX

« Il est comblé des Dieux, et cela ne se pardonne guère, entreprenant, actif et dès lors souvent décrié : Blomme. Il n'est ni dogmatique, ni calviniste. S'il n'a point les yeux brillants de mysticisme révolutionnaire, il a le regard chargé d'énergie. Il vit à l'aise dans son siècle. Il donne du style, sans parti pris, à qui lui en commande et de la modernité à qui en désire. C'est une souplesse que les puritains ne lui pardonnent pas. » ALBERT GUISLAIN, BRUXELLES ATMOSPHÈRE 10-32, IN L'ÉGLANTINE, PARIS-BRUXELLES, p.187.

Toujours dans la rue Saint-Bernard, Blomme offre à son commanditaire, Monsieur Graux, un dernier grand rêve passéiste à la veille de la Première Guerre mondiale. Baies en anse de panier, fenêtres à traverse, pignon, pilastres et décors en tous genres… Plus de coquetterie à la Française, mais un style issu d'une revisitation de la Renaissance du Nord.

77 R. St-Bernard 48-50, St-Gilles. Adrien Blomme. 1912.

78 Av. Géo Bernier 13, Ixelles. Adrien Blomme. 1913. Sauvegarde 05.06.1997.

Et puis, il y a des envies d'Italie. En 1913, Blomme dessine pour lui et sa famille cette vaste maison qui doit beaucoup aux villas d'Andrea Palladio. Le langage de la seconde Renaissance italienne ressuscite avec bonheur sous nos cieux gris. Blomme opte pour un grès ocre, qu'il anime de bossages et qu'il rehausse d'éléments structurels en pierre bleue. Un fronton axial en bois monumentalise l'ensemble, en lui conférant stabilité et noblesse.

Pour vivre heureux, vivons cachés... L'avenue Molière recèle une cour dérobée aux bruits et aux regards, à mi-chemin entre un patio espagnol et le pittoresque d'un cottage. Elle est due à Blomme, aidé de deux confrères anglais, R. Unwin et R. Barry Parker. Blomme amplifiera plus tard cette idée de construire en intérieur d'îlot en concevant l'ensemble résidentiel du Val de la Cambre.

79 Av. Molière 225, Ixelles. Adrien Blomme. 1915.

80 R. Defacqz 14, Ixelles. Adrien Blomme. 1925. Classée 22.09.1994.

En 1925, l'architecte part en Andalousie avec un couple de commanditaires, les brasseurs Wielemans. Leur but ? Se gorger de soleil et d'hispanisme afin d'en ramener un peu pour l'édification d'un hôtel de maître rue Defacqz. La façade crépie, d'une sobriété presque sévère, ne laisse que bien peu soupçonner les richesses de l'intérieur. Le rythme de l'élévation est affirmé par des ancres scandant les baies de l'étage et renforcé par les imposantes consoles. Plastiques, celles-ci soutiennent et consolident les amples décrochements du bow-window et de la corniche débordante.

En 1927, Blomme se construit une nouvelle maison, jumelant, comme dans la première, bureau et habitat. Il y adjoint cinq appartements destinés à la location. La double façade, cubiste, se déploie à la manière d'un paquebot, jouant sur les étagements des toits-terrasses – on dirait des ponts – et sur un avant-corps arrondi en toiture, comme une grosse cheminée de bateau. Sans dogmatisme Blomme prône l'amour des formes pures, des volumes abstraits, qui prennent le dessus sur tout aspect anecdotique.

81 Av. Franklin Roosevelt 52, Bruxelles Extensions. Adrien Blomme. 1927.

Entre modernisme et Art Déco

Aux maîtres, le confort d'un style rustique ! Aux domestiques, le modernisme…
Cette villa, de style Cottage, avec sa vaste toiture parsemée de hautes cheminées, crée un amusant contraste avec la conciergerie cubiste, coiffée de toits plats.

82 Av. Léo Errera 59, Uccle. Adrien Blomme. 1929.

83 Av. Franklin Roosevelt 39, Bruxelles Extensions. Adrien Blomme. 1929.

L'après-guerre marquera le temps pour Blomme d'une nouvelle forme d'éclectisme, entre modernisme et Art Déco. Cette villa de l'avenue Franklin Roosevelt est révélatrice de ce mélange iconoclaste. Le volume, pur, lisse et rectangulaire, est anobli par une galerie de baies en plein-cintre, sur le mode d'un palais, qui en tempère la sévérité. Le crépi blanc, légèrement granuleux et « moelleux », unifie l'ensemble en douceur.

84 Av. Houzeau 99, Uccle. Adrien Blomme. 1936.

Les volumes, tout en longueur, révèlent une grande complexité ; le bâtiment n'est régi par aucune symétrie. Le plan se partage entre différents axes qui enserrent subtilement la cour d'entrée. Une « tour », démultipliée en plusieurs plans, domine le volume en hauteur. Un fin cerne de céramique noire, rehaussé dans les encadrements d'un liseré de tesselles dorées, exalte la blancheur générale et définit les volumes emboîtés.

ADRIEN BLOMME (1878-1940)

Né à Falisolle en 1878, Adrien Blomme est issu de la bourgeoisie industrielle. Après deux ans de Polytechnique à l'ULB, sa passion pour l'architecture l'incite, malgré une vive opposition paternelle, à suivre les cours à l'Académie des Beaux-Arts de Bruxelles, puis à effectuer des stages auprès d'Albert Dumont, de Paul Hamesse et probablement d'Antoine Pompe. En 1905, il épouse Lucienne Boels et ce mariage lui ouvre grand les portes de la bonne société bruxelloise. Suivent de prestigieuses commandes privées. Parallèlement, Adrien se consacre à la construction de cités ouvrières comme celle du Winterslag à Genk. En 1931, son fils Yvan entre dans le bureau et participe à quelques projets. Quatre années plus tard le tandem remporte ex-æquo avec Fernand Petit le concours pour l'édification de la nouvelle Gare du Midi. Adrien n'aura pas l'occasion d'en voir la réalisation. Il meurt en 1940 des suites d'une opération chirurgicale.

À travers l'éclectisme du langage de Blomme, une particularité est récurrente : son goût pour les rythmes ternaires, qu'il applique souvent à ses ouvertures et à ses volumes, et qui leur donne ce caractère stable.

Blomme est un constructeur prolifique, tant pour des programmes privés que commerciaux ou industriels. Nous n'avons repris ici que quelques unes de ses réalisations privées les plus étonnantes. Citons encore le Val de la Cambre près des étangs d'Ixelles (1924-1932), le Cinéma Métropole, les Brasseries Wielemans-Ceuppens à Forest.

À Schaerbeek, Adrien et son fils Yvan dessinent en 1938 une sévère villa. Le volume se réduit à un vaste rectangle, parementé de briques ocre et parcimonieusement rehaussé de céramique noire.

85 R. des Mimosas 44-44A, Schaerbeek. Adrien et Yvan Blomme. 1938.

87 R. des Fripiers 7, Bruxelles. Transfo. en 1833 et 1925.

Rhabillage

À côté de maisons restées telles quelles à travers le temps, il n'est pas rare de voir des habitations rhabillées de pied en cap pour satisfaire aux modes nouvelles. Un décodage est alors nécessaire pour y déceler les empreintes successives laissées par chaque époque, pour le pire ou pour le meilleur. Exercice de styles…

Plus que toutes autres à Bruxelles, les maisons autour de la Grand-Place présentent des rhabillages successifs amusants à décoder. Cette maison de la rue des Fripiers témoigne, par son petit gabarit, de sa date ancienne, probablement du début du XVIIIe siècle. Avec le XIXe siècle (1833) et la mode du néoclassicisme, elle se voit amputée de son pignon et intégralement enduite. Les fenêtres sont standardisées pour répondre à l'idéal de rationalité du temps. En 1925, l'Art Déco fait fureur, avec tout son répertoire de styles « exotiques ». Les baies reçoivent un charmant encadrement en fer forgé qui renvoie à l'architecture hispanique.

Rester au goût du jour…

À l'angle des rues d'Aerschot et de Brabant, une maison au rhabillage quasi mythique affiche de manière surréaliste tous les changements du quartier. Dans le cadre des nouvelles rues qui s'érigent autour de la gare du Nord, cette maison est édifiée en 1846 sur l'une des artères perspectives reliant Bruxelles au faubourg de Schaerbeek. Simple, néoclassique, elle s'intègre parfaitement dans l'urbanisation « blanche » chère à la première moitié du XIXe siècle.

Au début du XXe siècle, elle abrite une société d'assurances. Pour l'occasion, on la coiffe d'une imposante toiture à l'impériale sommée d'une figure ailée – Victoire ? Saint Michel ? –, symbole de la compagnie. Transformée en brasserie après la Seconde Guerre, elle abrite aujourd'hui un Peep show. L'ange, toujours présent, défend et protège la rue la plus débauchée de la ville…

86 R. de Brabant 25-29, St-Josse-ten-Noode. J. Geens. 1846. Transfo. début XXe s.

En 1937, Antoine Pompe hérite de sa belle-famille d'une maison typiquement bruxelloise de 1895, d'un schéma similaire à la maison voisine. Tout en gardant le volume existant, Pompe réussit un tour de force, transformant une habitation néoclassique banale en un petit chef-d'œuvre d'inventivité et de style. Si l'intérieur séduit par son extrême ingéniosité et sa nouvelle distribution, l'extérieur n'est pas en reste. L'ancienne fenêtre des caves hautes a fait place à un garage. La traverse de la porte a été abaissée, permettant à l'architecte de gagner un étage à l'intérieur. Les trois fenêtres de l'étage sont réunies grâce à l'adjonction d'un bow-window triangulaire particulièrement plastique. En outre, elles ont été coupées horizontalement pour permettre un étage supplémentaire à l'intérieur et correspondre formellement aux proportions de la porte. Côté couleurs, plus rien à voir avec la sobriété néoclassique : crépi ocre, rouge vif pour certains éléments en bois, « tête de nègre » pour les autres.

Mini budget : cet habillage marque le règne du recyclage, par exemple avec des portes assemblées à partir de lattes de vieux planchers.

ANTOINE POMPE (1873-1980)

Homme de convictions, d'énergie et d'enthousiasme, Antoine Pompe a vécu 107 ans, laissant derrière lui une œuvre visionnaire d'architecture et de design. Ce fils de bijoutier, formé à l'art de construire par l'architecte bruxellois Georges Hobé, conçoit une œuvre majeure en 1911 : la clinique du Docteur Van Neck à Saint-Gilles, qui annonce (avant-guerre !) à grand fracas de lignes géométrisées et de rationalisme, l'Art Déco → 57. Parallèlement à diverses maisons privées à Bruxelles, Pompe participera à l'aventure de nombreuses cités-jardins durant l'entre-deux guerres : une partie de la cité-jardin de Batavia à Roulers (1919) en collaboration avec

F. Bodson, La Roue à Anderlecht (1921), Hautrage-Nord (1922), Kappelleveld à Woluwe-Saint-Lambert, avec H. Hoste, Hoeben et P. Rubbers (1922).

Précurseur, profondément moderne, Antoine Pompe n'en est pas moins attaché à la notion d'ornement → p.37. « Le décor est à l'architecture ce que la politesse et l'urbanité sont aux rapports strictement utilitaires entre hommes. Le décor est une convention nécessaire », écrit-il en 1931. En témoigne la façade de la rue du Châtelain qui, à des lignes d'une nouveauté décoiffante, marie une ornementation à la fois discrète et originale.

L'ENGOUEMENT DES BRIQUETTES

À partir de la fin des années 1940, une fièvre de rhabillage enflamme Bruxelles, qui connaîtra son apogée dans les années 1960. Mot d'ordre : modernité. S'il est impossible de faire table rase de la ville ancienne, il est tout à fait envisageable de la mettre au goût du jour, notamment par le parement des vieilles façades de briquettes ou de plaquettes. Les maisons transformées de cette manière sont aujourd'hui légion, bouleversant la perception originale de beaucoup d'élévations et, par là même, de rues entières.

89 R. Jules Besme 17, Koekelberg. J. Gilson. 1899.

90 R. Jules Besme 13, Koekelberg. J. Gilson. 1899.

91 R. Jules Besme 11, Koekelberg. J. Gilson. 1899. Transfo. en 1969.

En 1899, l'architecte J. Gilson construit à Koekelberg six maisons pour le compte de la s.a. Le Bien de Famille, dont le but avoué consiste en « l'amélioration du sort tant moral que matériel des classes laborieuses ». Destinées à être vendues séparément à de modestes propriétaires, ces maisons, édifiées pour former un ensemble cohérent, relevaient au départ d'une inspiration pittoresque très fin de siècle, sommées chacune d'une charmante lucarne passante à ferme apparente. Au fur et à mesure du temps, elles seront complètement individualisées par leurs occupants et actualisées. Le numéro 17 a été enduit faisant fi de la bichromie initiale briques/pierres bleues. Dans les années 1960, les numéros 11 et 13 ont été couverts de briquettes.

À y mettre le nez dessus, on se rend compte que ces parements de briquettes, identiques à première vue, sont pourtant de natures différentes. Celui du numéro 11 consiste en parement « de luxe » où de véritables plaquettes légèrement émaillées sont mises en œuvre tandis que le numéro 13 a simplement été couvert d'une couche d'enduit cimenté dans lequel on a imité à faux-joints les briquettes.

92 R. Édouard Dekoster 174, Evere. Transfo. 1966.

Jusqu'à la Seconde Guerre mondiale, Evere demeure une des communes les plus rurales de l'agglomération, spécialisée notamment dans la culture du chicon. En 1966, cette ancienne fermette perd son caractère rural et témoigne à sa manière de l'expansion urbaine de la capitale vers les faubourgs de la seconde ceinture. Tout en conservant sa structure initiale coiffée d'un haut toit, la maison reçoit un parement de briquettes brunes au rez-de-chaussée, rehaussées de plaques de schiste si typiques des golden sixties.

À l'origine, ce petit bâtiment est édifié à la fin du XIXe siècle, suivant une inspiration néoclassique. Dans les années 1960, une demande est introduite pour actualiser la façade en style Spirou, transformation encore perceptible dans le meneau de la grande fenêtre de l'étage, dans les châssis en aluminium et dans le parement en briquettes du rez-de-chaussée. En 1996, l'architecte Bernard Bergé réactualise le tout à la sauce post-moderne. La tôle d'acier rouillée et vernie est utilisée pour l'allège chantournée et pour la large corniche à gorge. Les briquettes sont peintes en crème et l'étage reçoit une peinture au chiffon.

93 R. Guillaume Stocq 7, Ixelles. Transfo. Bernard Bergé, 1996.

Récupérer pour magnifier

Un magnifique exemple de rhabillage « à l'envers ». En ce début de XXe siècle, le peintre et aquafortiste Charles Viane (1876-1939) est fasciné par la Renaissance flamande. Pour édifier sa propre maison, il récupère nombre d'éléments, décoratifs ou structurels, de chantiers de démolition de maisons patriciennes autour de Gand. En résulte une façade étonnante, délicieusement trompeuse, millésimée anno 1583. Le visiteur est ici accueilli par une inscription latine désuète « In nomine domini pulsanti aperietur » (Au nom de Dieu, la porte s'ouvrira à celui qui frappe) et charmé par la vision de l'ange sur le cul-de-lampe tenant un petit phylactère « Carpe diem »…

94 R. Henri van Zuylen 40, Uccle. v.1910.

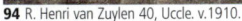

Sur le même mode que la maison Viane, ce petit bâtiment a été monumentalisé et enrichi par l'adjonction d'éléments anciens de récupération : un imposant portail de style Louis XV avec une belle porte en chêne et trois œils-de-bœuf ornent de manière monumentale ce qui n'était jadis qu'une simple annexe.

95 R. Dodonée 66, Uccle.

La cure de l'église Saint-Vincent d'Evere a connu les vicissitudes du temps. Durant la Seconde Guerre, elle est bombardée sans ménagement. En 1949, elle est réédifiée en néo-roman pour former avec l'église, réellement romane, un ensemble cohérent. Pour authentifier la nouvelle construction, un petit relief du XVIIIᵉ siècle, figurant saint Vincent et ses deux fils et appartenant à l'ancienne cure, est placé au-dessus de la porte d'entrée.

96 Pl. St-Vincent 1, Evere. 1949. Classée 29.05.1997.

Prolonger le passé

Avec l'engouement pour les styles néo que connaissent le XIXᵉ et le début du XXᵉ siècle, des rhabillages sont parfois insoupçonnables. Ici, cette maison à pignon, typique du XVIIᵉ siècle, a été recouverte en 1902 de stucs néo-baroques, faux, archifaux, mais susceptibles d'amplifier le caractère ancien de la vieille façade…

97 R. de la Violette 28, Bruxelles. Transfo. 1902.

98 R. Henri van Zuylen 59, Uccle. Yvon Baudoux. 1928. Transfo. Lydia Kümel, 1980.

Un agrandissement, un rhabillage, peut se faire dans les règles de l'art, à la manière d'une variation sur un même thème. En 1928, l'entrepreneur Yvon Baudoux édifie cette maison cubiste pour l'agent de change Jean Venelle. Suite à la crise de 1929, Venelle, failli, laisse le bâtiment inachevé. En 1980, l'architecte Lydia Kümel l'amplifie subtilement, en se contentant de poursuivre le mouvement « en accordéon » de la maison initiale.

À mentionner enfin un dernier type de rhabillage, typiquement bruxellois : le façadisme. À partir des années 1980, peu de constructions neuves voient le jour à Bruxelles. Traumatisme de la nouveauté ? Mauvaise conscience par rapport au passé ? Hypocrisie des destructeurs ? Toujours est-il que l'on tente de justifier le projet d'aujourd'hui par la conservation de la façade du bâtiment que l'on détruit. En résultent des constructions surréalistes, telle cette vieille façade de l'architecte Henri Maquet, posée comme une sculpture devant une construction en verre. La façade est-elle un élément indépendant du bâtiment qu'elle masque ?

99 Bd Bischoffsheim 33, Bruxelles. 1874. Transfo. v.1989.

La maison de son maître

Parmi les plus belles façades de la ville, celles des maisons édifiées par les artistes eux-mêmes – architectes, décorateurs, céramistes ou ferronniers – pour leur servir d'habitation personnelle. Des façades qui affichent le talent de ceux qui les ont construites et qui constituent la plus belle des publicités…

Pour sa maison personnelle, l'architecte de la Ville de Bruxelles, Victor Jamaer, choisit le style néo-Renaissance flamande dont il a, comme restaurateur, une connaissance profonde. Cette façade, tout en verticalité, fait la part belle à un matériau constructif ancien : le bois. L'oriel ouvragé aboutit à un fabuleux pignon à claire-voie ceint d'une belle balustrade. Par sa toiture perpendiculaire à la voirie mais aussi son décor de bossages de pierre bleue, d'obélisques, de vases et de pointes de diamant, cette maison est une étonnante démonstration de l'esprit archéologique qui anime passionnément le XIXᵉ siècle.

100 Av. de Stalingrad 62, Bruxelles. Pierre Victor Jamaer. 1874. Classée 08.08.1988.

P. Victor Jamaer (1833-1902)

Architecte communal, c'est surtout comme restaurateur que P. Victor Jamaer marqua son époque. Peu « scientifique », mais toujours passionné, Jamaer s'attelle à réhabiliter le plus bel ensemble architectural de Bruxelles, la Grand-Place, en restaurant en profondeur l'Hôtel de Ville et les maisons des corporations mais aussi par la reconstruction en style néogothique flamboyant de la Maison du Roi. En tant qu'architecte, il construit peu, se limitant à sa maison personnelle, à l'Académie des Beaux-Arts et à l'entrée monumentale du Cimetière de Bruxelles.

101 R. Van Moer 12, Bruxelles. Jean Baes. 1888. Classée 08.09.1994.

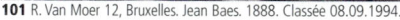

Caractérisée par un rythme calme et horizontal, cette façade est devancée par une élégante logette, véritable morceau de bravoure en fonte et en fer forgé. Outre cette intrusion novatrice du métal au sein d'une élévation en matériaux traditionnels (pierre blanche et bleue), l'élévation est rehaussée de magnifiques sgraffites, parmi les premiers de la capitale. L'iconographie en est charmante et propose, à grand renfort de putti, des allégories des Quatre Eléments, du Jour et de la Nuit. L'éclectisme trouve ici, dans la maison personnelle de Jean Baes, l'architecte du Théâtre flamand (1883), une de ses réalisations les plus convaincantes.

Millésimée Anno 1891, cette façade consacre les folies orne-mentales et le savoir-faire artisanal de l'éclectisme. Construite par Édouard Parys pour lui servir d'habitation, la maison, tout en ne modifiant pas le schéma habituel des façades mitoyennes bruxelloises, étonne par la surenchère de son ornementation en pierre bleue : logette hexagonale surmontée d'une flèche dans la travée d'accès, frontons courbes et brisés qui scandent toute l'élévation. Plusieurs détails assurent qu'il s'agit bien d'une maison habitée par un constructeur. Un sgraffite figure des putti jouant avec divers attributs de l'architecture. De même, des tables en losange dans les trumeaux du rez-de-chaussée présentent l'équerre et le compas.

ÉDOUARD PARYS (1851-1896)

En 1896, à l'occasion de la mort d'Édouard Parys, L'Émulation publie un éloge funèbre en demi-teinte. « Né à Bruxelles le 16 février 1851, décédé à Saint-Gilles le 24 février 1896, le confrère que nous avons perdu n'avait donc que 45 ans. Sans avoir laissé d'œuvres mar-quantes, il a énormément produit. On peut dire qu'il a créé un type, celui de la petite maison « Renaissance fla-mande », mais d'une renaissance spéciale, abusant un peu des petits détails et des petites pierres, ne manquant cependant pas d'un certain mérite. La maison qu'il s'était construite, chaussée de Charleroi, (…) dans laquelle il a si peu vécu, est peut-être la plus réussie de ses œuvres (…) » L'Émulation, 1896, col. 40.

102 Chée de Charleroi 204, St-Gilles. Édouard Parys. 1891.

« L'art de Schryvers procède directement de celui des fameux forgerons de la Flandre des XV et XVI siècles… » lit-on dans un article de 1910 consacré au célèbre ferronnier bruxellois Prosper Schryvers. Il va de soi que la maison personnelle de cet artisan d'élite allait revendiquer le style de cet âge glorieux, en adoptant une forme néo-Renaissance flamande. Mais au-delà du style architectural, tout ici parle de l'art de celui qui y habitait; les grilles, les ancres traçant 1879, la lanterne, la potence en forme de chimère, le garde-corps, la porte, l'épi de faîtage et les ornements en tout genre. Le fer forgé dans toute sa splendeur !

En 1902, le ferronnier, failli, vend sa maison à Alfred Van der Kelen, professeur de peinture décorative. La célèbre école, toujours aux mains de la même famille, a acquis au cours du temps une renommée internationale.

103 R. du Métal 30, St-Gilles. Prosper Schryvers. 1879.

104 R. Defacqz 71, St-Gilles. Paul Hankar. Adolphe Crespin, sgraf. 1893. Classée 26.05.1975.

Quand Paul Hankar édifie sa maison en 1893 rue Defacqz, il provoque une véritable révolution à Bruxelles. Un « art nouveau » est né, confirmé par le jeune Victor Horta qui, cette même année, construit l'hôtel Tassel à un jet de pierre.

Tout en reprenant des éléments issus du vocabulaire de l'architecture médiévale, comme les baies géminées, les frises d'arceaux, la polychromie des matériaux, Hankar crée un langage novateur par l'intégration au sein de la façade de sgraffites dus à Adolphe Crespin, qui savamment jouent sur un aspect japonisant. Curieusement, il n'hésite pas à associer les poutrelles métalliques (cachées jusqu'alors) aux montants ouvragés de l'oriel en pierre. Couronnement gracieux, la corniche associe hardiment bois et consoles en fer forgé.

PAUL HANKAR (1859-1901)

Initié à l'architecture et à la sculpture par son père tailleur de pierre, Paul Hankar effectue un long stage chez un grand maître de l'architecture éclectique, Henri Beyaert, pendant et après des études à l'Académie des Beaux-Arts. Malgré ses succès professionnels et sa nomination comme professeur à l'Académie en 1891, il reste dans le bureau de Beyaert jusqu'à la mort de ce dernier en 1894. Hankar mène sa réflexion sur plusieurs programmes construisant tout à la fois de petites maisons mitoyennes, de vastes hôtels de maître, dont l'hôtel Ciamberlani (48 rue Defacqz,1898), des ateliers d'artiste, mais aussi des magasins, dont la chemiserie Niguet (13 rue Royale, 1896) est l'exemple le mieux conservé. En 1901, l'architecte décède prématurément laissant une œuvre de précurseur. Beaucoup de ses réalisations ont souffert de l'incompréhension des générations suivantes, qui n'hésitèrent pas à les démolir ou les défigurer.

À la manière d'une variation sur le thème imaginé par Paul Hankar quelques années plus tôt, la maison de l'architecte Henri Jacobs, de 1899, reprend des éléments chers au précurseur de l'Art nouveau bruxellois. Comparer les deux façades de leurs maisons personnelles s'avère intéressant. Jacobs reprend l'auvent de la porte d'entrée, la polychromie des matériaux, manifestée notamment dans le chaînage des baies, et l'idée de mêler architecture et peinture par un magnifique et imposant sgraffite, de Privat Livemont, qui chapeaute toute l'élévation. Mais là où la ligne et les matériaux mis en œuvre par Hankar se font hardis, quasi âpres, Jacobs préfère l'élégance d'une composition plus classique et plus stable.

Les finitions sont magnifiques, telles qu'en témoignent les pentures de la porte, au nom de l'architecte, et la grille d'aération portant ses initiales stylisées. Petit détail : les lambrequins coiffant les fenêtres de l'étage étaient autrefois peints.

105 Av. Maréchal Foch 9, Schaerbeek. Henri Jacobs. Privat Livemont, sgraf. 1899. Classée 12.09.1996.

HENRI JACOBS (1864-1935)

« Qui a eu cette idée folle un jour d'inventer l'école ? » Dans le paysage bruxellois, c'est certainement l'architecte Henri Jacobs. Fils de l'inspecteur général de l'enseignement primaire et neveu d'un architecte, Jacobs fait la synthèse des métiers familiaux, en devenant bâtisseur d'écoles communales, notamment à Bruxelles, à Schaerbeek, à Uccle, à Laeken et à Forest. Convaincu de l'esthétique, mais aussi du rationalisme de l'Art nouveau, il use dans la plupart de ses bâtiments scolaires de lignes souples, de couleurs et de matériaux modernes. Parallèlement à cette production, il dessine nombre de maisons bourgeoises et conçoit des logements ouvriers pour le Foyer Schaerbeekois → 241. Il laisse un fils, Henri, architecte lui aussi et acquis, tout comme son père, à la cause des écoles et des habitations sociales.

© 2003/SOFAM - Belgique.

106 R. Américaine 23-25, St-Gilles. Victor Horta. 1898-1901.
Classée 16.10.1963. © 2003/SOFAM - Belgique.

Pour sa maison personnelle et son atelier, Victor Horta se lance dans une extraordinaire démonstration du langage Art nouveau qu'il a élaboré quelques années plus tôt. Les deux façades, bien qu'unifiées par un même traitement des matériaux, des formes et des couleurs, se distinguent d'emblée. L'atelier, percé d'une immense verrière, ne peut mentir sur sa fonction. La façade de gauche, celle de la maison, est animée d'un jeu de vides et de pleins, amené notamment par la logette en pierre, hardiment reliée au balcon du premier étage. Les fers forgés atteignent des sommets de poésie dans le balcon terminal où ils évoquent des ailes de libellule. À noter aussi le mélange subtil et inattendu de la pierre et des ferronneries.

Plus que pour tout autre architecte de son temps, la façade est avant tout pour Horta la résultante de l'inventivité et de la magnificence de l'espace intérieur.

VICTOR HORTA (1861-1947)

Rompu à l'architecture par des années d'Académie et de stages, notamment chez Alphonse Balat, Victor Horta débute véritablement sa carrière en 1893. Pour lui comme pour Hankar, le besoin se fait sentir d'un art nouveau, libéré des « ismes » du XIXᵉ siècle. Dès sa première réalisation du genre, l'hôtel Tassel, Horta donne le ton par les lignes souples et l'intelligence de la distribution intérieure. La référence n'est plus le passé, mais une inspiration des principes mêmes de la nature, organique et sensuelle. Séduits par ce langage novateur, de riches commanditaires, catholiques (Van Eetvelde) ou libéraux (Solvay), confient à l'architecte le soin d'édifier leur demeure. À côté de ces luxueuses maisons privées où le goût du

détail n'a d'égal que la nouveauté de la conception, Horta a l'occasion de réaliser des bâtiments publics (Maison du Peuple, 1899) ou des magasins. Alors que son œuvre est largement reconnue, l'architecte continue d'avancer avec son époque. Tenté dans la première décennie du XXᵉ siècle par plus de classicisme (magasins Waucquez en 1903 et magasins Wolfers en 1906), Horta évolue vers plus de rationalisation et de géométrisation après la guerre (Hôpital Brugmann 1906-1923, Palais des Beaux-Arts 1920-1928 et Gare centrale 1937-1945). Parallèlement à son œuvre architecturale, Horta marque fortement la jeune génération comme professeur à l'Académie de Bruxelles et comme maître de stage.

L'architecture bruxelloise connaît un de ses sommets avec la maison personnelle de l'architecte Édouard Ramaekers (1864-1941). Rarement pignon fut plus charmant et façade plus colorée – briques rouges et blanches, moellons de pierre de teintes variées dans le soubassement, vitraux, sgraffites, boiseries en chêne… L'éclectisme de cette façade résulte du savant mélange des proportions gothiques et de formes de l'Art nouveau. D'une structure simple et élancée, traversée dans le pignon par trois pinacles monumentaux, l'élévation témoigne d'un soin infini accordé à chaque élément où la fantaisie n'a d'égale que la poésie.

108 R. Le Corrège 35, Bruxelles Extensions. Édouard Ramaekers. 1899.

En 1903, l'architecte Frans Van Ophem agrandit et embellit la petite construction qui lui servait jusque-là d'atelier. Son but ? Édifier une maison personnelle digne de ce nom. En ce début de siècle, Van Ophem se sent libre d'user de références à l'architecture pittoresque des cottages. Il couronne son élévation, animée de bandeaux et de bossages, par un pignon à colombage. La façade, colorée par les divers matériaux mis en œuvre, s'enrichit en outre d'une frise de sgraffites figurant les métiers de la construction. Dans le tympan au-dessus de la fenêtre du rez-de-chaussée, une sculpture de femme s'alanguit, due au ciseau de V. De Haan. Cette maison est déjà la deuxième que se construit pour lui Van Ophem. → 256.

107 R. Renkin 33, Schaerbeek. Frans Van Ophem. V. De Haan, sculpt. 1897 et 1903.

En 1911, dans les derniers soubresauts de l'Art nouveau et de l'éclectisme, l'architecte Hubert Rasquin se construit une charmante maison personnelle coiffée d'un pignon en plein cintre qui surligne en toiture la forme des triplets. Cauchie est l'auteur des sgraffites, dont l'un, dans une allège, figure les poncifs allégoriques de l'architecture : l'équerre et le compas.

Quelle façade pouvait mieux répondre aux frondaisons du Parc Duden que celle-ci avec ses lignes végétales, ses couleurs et son travail du fer forgé ? L'architecte géomètre-expert Arthur Nelissen (1879-1922) édifie ici un véritable manifeste de l'Art nouveau. La façade est entièrement distribuée depuis l'énorme loggia centrale, circulaire et presque centrifuge. À la sévérité du rez-de-chaussée paré de pierre bleue, contraste la riante bichromie vert/blanc des étages revêtus de briques émaillées. À noter qu'à l'origine, les châssis étaient peints en couleur foncée et les ferronneries en blanc, ce qui augmentait l'aspect de « seconde peau » induit par les fers forgés des balcons et des ouvertures. D'autres façades de Nelissen ? → 334.

110 R. des Carmélites 177, Uccle. Alphonse Boelens. 1903.

111 Av. Sleeckx 31, Schaerbeek. Hubert Rasquin. Paul Cauchie, sgraf. 1911.

Gracieuse, presque féminine, voici la maison qu'Alphonse Boelens (1877-1936) se dessine en 1903. La forme des baies évoque délicieusement des trous de serrure et induit, avec ses arcs outrepassés, un charme presque oriental. La délicatesse des détails – châssis à petits-bois, verre coloré, polychromie des briques – fait écho à la structure générale de l'élévation, couronnée en travée principale par un charmant fronton-pignon au profil ouvragé et typique de l'Art nouveau. Une autre maison d'Alphonse Boelens ? → 41.

109 Av. du Mont Kemmel 5, Forest. Arthur Nelissen. 1905.

Art nouveau ? Mauresque ? Médiévale ? Cette façade répand sur la rue ses lignes enfantines et folles. Le rez-de-chaussée incite aux mille et une nuits, la logette inclinée se fait mirador, la grande fenêtre ronde invite au ciel... Michel Mayeres, l'architecte, s'est offert une habitation comme un caprice. Un immense sgraffite couronnait autrefois l'élévation, que remplace aujourd'hui un enduit uniforme terre de Sienne.

113 Pl. Louis Morichar 14, St-Gilles. George Delcoigne. 1899.

Gothique et Art nouveau, un couple qui s'aime et s'entre-mêle souvent... Cette élévation s'anime tout à la fois des lignes souples de l'Art nouveau, présent dans le dessin des garde-corps en fer forgé, les contrastes de matières ou le profil souple des consoles et de structures plus gothiques ; baies à croisée de meneaux, oriel devançant la travée d'accès. Outre le dessin virtuose de la façade, un sgraffite figurant une allégorie de l'architecture témoigne qu'il s'agit ici de la maison d'un architecte, Georges Delcoigne.

112 R. Potagère 150, St-Josse-ten-Noode. Michel Mayeres. 1904. Classée 12.03.1998.

De façon générale, les allusions en façade à la profession de l'occupant sont réparties avec parcimonie. Cauchie, tout au contraire, saura tirer profit de toute sa façade pour en faire une immense affiche publicitaire, avec pour devise « Par nous Pour nous ». L'ambiance est préraphaélite. Cauchie met tout son art à décrire un cénacle de femmes silencieuses, allégories des arts. La structure de la maison n'a rien à envier à la maîtrise des sgraffites. Un soubassement à bossages rustiques donne naissance à une colonnade grêle et délicatement japonisante. La verticalité est exaltée par une cariatide peinte au centre de l'élévation, qui semble soutenir le petit balcon. Deux pinacles stylisés de part et d'autre de la corniche renforce le mouvement ascensionnel.

114 R. des Francs 5, Etterbeek. Paul Cauchie. 1905. Classée 26.05.1975.

PAUL CAUCHIE (1875-1952)

Après une brève formation en architecture à l'Académie d'Anvers, Paul Cauchie s'adonne à l'étude des arts plastiques à l'Académie de Bruxelles. Peintre décorateur de renom, il est rapidement chargé de commandes privées et publiques, telle une extraordinaire fresque de 300 m de long (!), exécutée d'après les dessins du peintre Jean Delvin pour la façade du Musée des Beaux-Arts de Gand. Son style est marqué par l'école de Glasgow, reconnaissable notamment au motif de la rose stylisée, mais aussi par la Sécession viennoise dont il aime les lignes rigoureuses. S'il a réalisé énormément de sgraffites, on ne lui connaît, à Bruxelles, que deux autres réalisations architecturales → 50 et 337.

115 Av. de Selliers de Moranville 11, Berchem-Ste-Agathe.
Victor Tinant. Guillaume Janssens, céram. 1913. Classée 08.08.1988.

Tout aussi démonstrative que la maison Cauchie, cette façade consacre le savoir-faire de celui qui la décora et l'habita. C'est ici en effet que vivait le faïencier Guillaume Janssens (1880-1956). Entièrement recouverte de carrelages de céramique et de briques vernissées, la façade acquiert une nouvelle identité, une peau brillante et colorée. C'est un véritable catalogue de tout ce que proposait la manufacture ; tableaux figuratifs, frises ornementales, enseignes typographiques,…. La figuration est typique de l'Art nouveau, avec ses motifs végétaux stylisés et ses représentations de femmes. Figurant le printemps et l'été, avec les instruments du peintre et de l'architecte à leurs pieds, elles ajoutent une note sinueuse à l'élévation. Le caractère féminin de la maison est confirmé par son nom, la Villa Marie-Mirande, du nom de la fille de Janssens.

À l'angle de la rue Antoine Bréart et de l'avenue Jef Lambeaux, Paul Hamesse (1877-1956) édifie sa maison personnelle qui lui servira à la fois d'habitation et de bureaux pour lui et ses frères Georges et Léon. Cette maison d'angle, millésimée MCMX dans un cartouche, témoigne de l'art novateur de l'architecte qui, en ce début du XXe siècle, prophétise l'Art Déco. Plus que l'Art nouveau géométrique bruxellois, c'est l'influence de la Sécession viennoise qui se fait ici sentir, notamment dans la frise de l'entablement. Les couleurs sont également caractéristiques. La façade, en pierre blanche, était à l'origine rehaussée de dorures qui en soulignaient certains éléments. Par un traitement original et différencié de l'angle à chaque niveau, l'architecte a su profiter de la difficulté que présentait une parcelle de coin. Une autre maison d'Hamesse ? → 42

116 Av. Jef Lambeaux 25, St-Gilles. Paul Hamesse. 1910. Classée 23.10.1997.

LE DIPLÔME D'ARCHITECTE

Parmi les constructeurs réunis dans ce chapitre et dans ce livre, beaucoup n'ont pas reçu de formation spécifique pour exercer leur art. Jusqu'en 1936 en effet, le diplôme d'architecte n'est pas requis en Belgique pour construire. Entrepreneurs, menuisiers, peintres, simples quidams peuvent construire, à condition, bien entendu, de respecter les règles, souvent drastiques, en vigueur dans les communes (hauteur, matériaux, saillie des ouvrages en surplomb, type de toiture, …). Etre architecte est alors un état de fait et ne relève aucunement d'un métier protégé et spécifique. Depuis la fin du XIXe siècle, cette situation pose question et génère des débats passionnés, entre les tenants du diplôme et leurs opposants. En 1936, Victor Horta consacre un article à ce sujet dont voici un extrait.

« Il y a quelque quarante ans, nouveau venu dans l'exercice de la profession d'architecte – on disait alors la pratique de l'art de l'architecture – à la suite d'une campagne naissante en faveur de l'instauration d'un diplôme gouvernemental pour protéger les architectes contre l'abus de leur titre, je demandais à l'auteur du Musée rue de la Régence, Alphonse Balat, si, à son avis, cette protection éventuellement efficace pour l'exercice de la profession était de nature à avantager l'art de l'architecture.

En tant qu'élève habitué au respect dû à ce maître exceptionnel (…), je m'attendais à quelque occasionnelle dissertation !

Ce fut par le plus spontané, le plus imprévu, le plus irréfrénable éclat de rire qu'il me répondit.

Un diplôme légal à des architectes ? Et par voie de conséquence, pour rester dans la logique de l'art, un diplôme légal aux artistes peintres et sculpteurs ? Non ! c'était vraiment trop effarant ! » in Bulletin de la Classe des Beaux-Arts, t. XVIII, 1936, Académie royale de Belgique.

Pour sa maison personnelle, édifiée en 1924, Pierre Verbruggen (1886-1940) s'inscrit dans la modernité la plus pointue. Tout en faisant référence à l'école d'Amsterdam, notamment pour les châssis et le parement de briques flammées, il fait chanter, dans un langage bien à lui, les volumes savamment imbriqués. Privilégiant une parcelle d'angle (donc sans jardin), qui lui permet de déployer pleinement son art, Verbruggen combine brio et confort, en plaçant tout à l'avant une terrasse intérieure qui protège les occupants des regards de la rue.

117 R. Antoine Bréart 47, St-Gilles. Pierre Verbruggen. 1924. Classée 09.03.1995.

La maison, d'une nouveauté stupéfiante, s'intègre parfaitement dans ce quartier de Saint-Gilles, essentiellement loti de maisons bourgeoises du tournant du XXe siècle. Pourtant, l'architecte eut beaucoup de mal à faire accepter son œuvre, comme en témoigne la correspondance qu'il entretint avec la commune. On lui reproche de ne pas utiliser de la pierre bleue pour le soubassement, mais une pierre artificielle colorée, le granilis. On désapprouve les étages en surplomb, qui empiètent sur la rue, et, qui plus est, ne sont pas soutenus par des consoles. On blâme enfin les appuis de fenêtre et les linteaux qui ne sont pas en pierre mais de briques posées de champ. À côté de ces éléments structurels obligatoires, les arguments esthétiques vont bon train… Verbruggen passera outre et nous offre le merveilleux résultat de sa ténacité et de son talent. Une autre maison de cet architecte ? → 357.

Un zeste de fantaisie sur fond de grande sobriété pour la maison de l'architecte Gérard Laurent à Auderghem, servant à la fois de bureau et d'habitation. Un petit ponton, sorte de pont-levis stylisé, se joue de la déclivité du terrain et s'entremêle aux branchages d'un arbuste audacieux. Les baies sont réduites à des formes géométriques élémentaires, sans exclure toutefois une certaine monumentalité dans les ouvertures en bandeau traversant horizontalement et verticalement l'élévation.

D'autres maisons de son maître ? → 61, 75, 81, 88, 268, 269, 332, 354, 384.

118 Av. Hugo Van Der Goes 34, Auderghem. Gérard Laurent. 1967.

Ateliers d'artistes

Si les maisons des constructeurs se distinguent par une radicalité stylistique ou ornementale, les ateliers, quant à eux, se caractérisent le plus souvent par une immense baie fonctionnelle. Située au dernier niveau, elle permet au « laboratoire » de l'artiste de recevoir la lumière du jour. Mais attention, pas n'importe quelle lumière. La plupart des ateliers sont orientés au Nord, bénéficiant ainsi d'un éclairage stable, un peu bleuté et sans ombre excessive. Beaucoup de ces ateliers ont été dessinés par les peintres eux-mêmes.

En 1875, le peintre Godefroid Guffens dessine les plans de son atelier qu'il conçoit à la mode néo-Renaissance flamande. Oscillant entre marché couvert et chapelle, la façade, sobre, est couronnée d'un pignon monumental à gradins, sommé d'un amusant obélisque. La brique s'accommode pour tout décor d'une zébrure de bandeaux en pierre bleue. Flanquant la naissance du pignon, deux médaillons portent les initiales de l'artiste.

Collaborateur d'Horta et d'Hankar pour la décoration murale de divers hôtels de maître, le peintre Émile Fabry (1865-1966) choisira cependant Émile Lambot, son ami et collègue à l'Académie de Bruxelles, pour édifier sa maison. D'une sobriété qui étonne au vu des immenses compositions symbolistes dont Fabry est friand à l'époque, la façade met en œuvre la brique à peine animée çà et là de tables et de bandeaux en creux. De simples reliefs en terre cuite, de la main du maître, ponctuent l'encadrement de la porte. Au haut soubassement en moellons de pierre bleue, répond la verrière toute en longueur percée en son centre d'une petite porte, par laquelle sortaient les toiles colossales du maître.
D'autres réalisations d'Émile Lambot ?
→ 140 et 212.

Un atelier très bourgeois, dans le style Beaux-Arts caractéristique de l'avenue, que l'architecte Victor Rubbers édifia en 1924 pour le peintre Victor Gilsoul (1867-1939). La monumentalité de la verrière touche ici au paroxysme, devancée par une porte donnant sur un imposant balcon.

119 Pl. Lehon 4, Schaerbeek. Godefroid Guffens. 1875. Sauvegarde 22.01.1998.

120 R. du Collège St-Michel 6, Woluwe-St-Pierre. Émile Lambot. 1903. Classée 16.10.1997.

121 Av. Molière 511-513, Ixelles. Victor Rubbers. 1924.

122 R. de Locht 26, Schaerbeek. Antoine Van Hammée. v.1870.

La plus kitch, la plus péplum de toutes les maisons d'artistes de Bruxelles, la voilà ! Édifiée vers 1870 par le peintre d'histoire et de portraits Antoine Van Hammée, cette façade, à la manière d'un temple à la déesse Peinture, relève du plus pur style pompier pompéien. Rien ici ne vous est épargné, ni les colonnes ioniques, ni le fronton monumental, ni l'aspect carton pâte. Un vrai bonheur !

Toi mon toit

Suivant les époques, on l'aime à croupe, en bâtière ou en terrasse. Mais au-delà de ces modes, le toit peut dépasser son rôle d'élément couvrant. Plus formel, il devient alors déterminant dans la personnalité de la façade, se faisant englobant, débordant ou déchiqueté en divers pans. Lieu de variations remarquables, il aspire la maison vers le ciel.

123 Av. Franklin Roosevelt 86, Bruxelles Extensions.
Léon-Joseph Delune. Paul Cauchie, sgraf. 1904. Classée 22.09.1994.

Une grande partie du cachet de ce véritable château à la fois éclectique et Art nouveau réside dans la forme délicieuse de certaines baies et de leurs châssis, mais surtout dans le magnifique traitement des toitures. D'un côté, largement débordant et d'un profil aplati, le toit est soutenu par des modillons japonisants, référence chère à l'Art nouveau. De l'autre, la tour est pourvue d'un couronnement conçu comme un perchoir magnifique pour un grand aigle de bronze. Les coupolettes, quant à elles, font un rêve d'Orient. Les sgraffites qui rehaussent discrètement l'ensemble sont signés Paul Cauchie → p. 66.

Peu de maisons atteignent à Bruxelles ce degré de mystère. Même son histoire a un goût de fable. Construite en 1904 sur les plans de l'architecte Léon Delune pour Amélie De Grave, elle sert de café américain durant l'Expo qui se tient au Solbosch en 1910. C'est là que pour la première fois à Bruxelles résonnera le ragtime. Échappée par miracle au grand incendie qui ravage l'Expo, elle est occupée par les nazis durant la guerre et progressivement abandonnée. La légende affirme qu'elle sert de repaire à des trafiquants d'armes, de lieu pour chaudes soirées estudiantines et de cadre pour messes noires… En 1993, elle est immortalisée par Jacqueline Harpman dans son roman « La maison du bonheur dans le crime ».

Cette maison de style éclectique de 1910 se voit coiffée d'un énorme dôme surmonté lui-même d'un petit clocheton. L'équilibre traditionnel de la façade est complètement bouleversé par cet immense capuchon qui n'a autre fonction que d'enfler la composition générale.

124 Sq. François Riga 8, Schaerbeek. 1910.

En 1936, les frères architectes Jean et Robert Michiels s'autorisent pour cette « maison de campagne » à Auderghem quelques réminiscences passéistes, qu'ils transcendent complètement par le traitement radical des toitures. Le toit descend jusqu'au sol et semble amarrer solidement la façade, en englobant l'arcade d'accès au jardin.

Dans une de ses célèbres maisons, La Bicoque, l'architecte Albert Roosenboom propose une surenchère dans le pittoresque de bon aloi dans ce faubourg campagnard qu'est Watermael au début du XXᵉ siècle. La verticalité est exaltée par un toit pentu et morcelé. La multiplicité des pans, largement débordants, s'accroît au fur et à mesure que la façade se déploie en gradations successives depuis le petit porche d'entrée jusqu'aux toitures terminales.

125 R. Théophile Vander Elst 60, Watermael-Boitsfort. Albert Roosenboom. 1900.

126 Av. Isidore Geyskens 118, Auderghem. Jean et Robert Michiels. 1936.

Ce petit pavillon, typique de l'Art Déco, est revêtu d'une toiture englobante et débordante à la fois qui, avec ses pans coupés, exalte la géométrie induite dans tous les éléments de l'élévation. Une toute petite logette a reçu elle aussi une toiture en écailles, fort appréciée à cette époque.

127 Av. Prekelinden 112, Woluwe-St-Lambert. Jean Combaz. 1924.

Cette maison Art Déco présente un schéma inhabituel du fait qu'elle est jumelée à sa voisine. Sur plan en L, elle ménage un jardin en façade. L'angle s'articule autour d'un dôme démesuré et aveugle, comme une excroissance, qui exalte l'entrée et contraste par ses rondeurs avec le volume angulaire du reste de la toiture.

128 Av. Lambeau 11, Woluwe-St-Lambert. v.1930.

Blanche et moderniste, un peu alourdie par ses imposants balcons, cette façade manquerait sans doute de poésie sans ce toit en pergola, à travers lequel le ciel se lit comme un tableau.

À partir des années 1920, le toit-terrasse, prôné par Le Corbusier et ses adeptes, se répand grâce aux progrès de la technique du béton et des revêtements étanches. Il offre à l'homme des villes un moment de communion avec le soleil et l'air.

129 Av. Nestor Plissart 18, Etterbeek. Victor Maes. 1932.

POUR OU CONTRE ?

Dans l'entre-deux-guerres, période riche d'expériences architecturales multiples, qu'elles soient traditionalistes ou plus modernistes, les débats vont bon train concernant les toitures-terrasses prônées par les avant-gardes. La prose des revues est souvent passionnée, voire virulente. Exemple parmi d'autres, voici ce qu'on lit en 1934 : «On propose généralement d'y installer des solariums, des jardins, des terrasses de gymnastique, etc. En vérité, pas plus que nos mœurs basées d'intimité, notre climat ne semble de nature à permettre impunément une vie libre et sans gêne sur les toits. Quant à l'utilisation ménagère qui consiste à utiliser le toit-terrasse pour y faire blanchir et sécher le linge, on sait ce que cela donne dans bon nombre de cités ouvrières (…). Que deviendraient nos villes du nord, plus souvent brumeuses qu'ensoleillées, si pareilles habitudes s'imposaient. Il semble qu'au lieu d'améliorer l'aspect des alignements, ces pratiques ruineraient définitivement l'esthétique de nos quartiers. » V. MARRES, IN BÂTIR, 24, NOVEMBRE 1934.

130 R. du Formanoir 32-34-36, Anderlecht. Victor Servranckx. 1925.

Loin de perdre en lyrisme, les toitures plates, à partir des années 1920, animeront les façades de jeux formels magnifiques. À tel point qu'un peintre comme Victor Servranckx (1897-1965) abandonnera deux années durant son métier de prédilection pour s'adonner à l'architecture. En face de l'antique maison d'Erasme à Anderlecht, il conçoit un immeuble de rapport sur une vaste parcelle d'angle où l'horizontalité règne en maître. Les lignes des toitures, soulignées par les corniches, se répondent l'une l'autre à l'infini, depuis les amples auvents surlignant les commerces du rez-de-chaussée en passant par les larges socles des terrasses, les toitures plates finales et les courtes couvertures des cheminées arrondies.

Les innovations en terme de toiture ne s'arrêtent pas avec le modernisme. Ces dernières décennies, la couverture continue d'être l'enjeu de surenchères formelles.

La porte de Flandre reçoit au début des années 1990 une nouvelle construction susceptible de magnifier quelque peu ce

coin défavorisé de la capitale. Devenu rapidement populaire grâce au matériau mis en œuvre, la tôle ondulée (qui lui vaut le surnom de Marie Thumas), l'immeuble se signale par son toit-terrasse doté d'un élégant auvent posé en biais et légèrement arrondi, comme un écho à la convexité de la façade.

131 Chée de Gand 1, Molenbeek.
Mauro Poponcini et Patrick Lootens. 1994.

132 Bd des Invalides 64, Auderghem. Louis Spreutels. 1944. Transfo. F. Terlinden, 1974.

Cette habitation du boulevard des Invalides est à première vue difficilement datable. Il s'agit d'une des rares maisons de Bruxelles à avoir été construite durant la Seconde Guerre mondiale, en 1944 précisément. En outre, son état actuel résulte d'un rhabillage de la toiture autrefois plate et ceinte d'un parapet. En 1974, au prix d'un changement radical des proportions anciennes, on l'a couverte d'un immense voile en polyester armé, de teinte marron, qui annonce les formes enflées et rondes, chères au postmodernisme.

133 R. Jean Paquot 60A, Ixelles. Daniel Van De Casteele. 2000.

Cette étrange maison combine curieusement un toit plat, neutre, inexistant presque, à une toiture en aluminium en quart de cercle qui donne à la façade son identité. L'implantation de la façade, étonnante, répond à la situation complexe initiale.

Valsez
corniches !

Débordantes, chantournées ou imposantes, droites, débridées ou discrètes, les corniches couronnent chacune à leur manière une élévation. Véritable chapeau, la corniche marque de manière décisive la personnalité de la façade et peut jouer sur divers matériaux. Le plus souvent en bois, elle se décline aussi en pierre, en métal ou en béton. Soutenue par des consoles, scandée de modillons ou alourdie de toupies, elle aime se prêter à des circonvolutions formelles. Lieu d'inventivité et de savoir-faire, elle dépasse de beaucoup le simple rôle fonctionnel d'évacuation des eaux pluviales. Depuis quelques décennies, on boude leur fantaisie, les recouvrant souvent, sans autre forme de procès, de PVC… Dommage !

Lucarne
en œil-de-bœuf

Plafond du larmier
Denticules
Modillons
Cache-boulin

Table

Bandeau
d'entablement

134 R. Royale Ste Marie, 97. Schaerbeek. Dernier tiers du XIXe siècle.

La grande subtilité orne-mentale de la corniche (den-ticules, tables et besants du plafond du larmier, feuilles d'acanthes des consoles) permet d'accrocher l'ombre et d'enrichir ainsi la percep-tion de la façade.

D'un style assez rare à Bruxelles – le Louis-Philippe –, cette maison se distingue de l'inspiration néoclassique traditionnelle par la forme des encadrements de ses baies, à arc « déprimé », par l'ornementation particu-lièrement chargée de la porte en chêne → 5. et par sa corniche largement débordante, reposant sur d'étranges modillons. Ceux-ci, alternant deux gabarits différents, reportent le rythme des travées au niveau de la corniche, imprimant à toute la façade une scansion dynamique. En outre, l'ornementation d'un modillon sur deux reprend la figure de mascaron qui couronne la porte-fenêtre axiale du premier étage.

136 R. Potagère 77, St-Josse-ten-Noode. 1864.

Situé à Saint-Josse, cet hôtel de maître de style éclec-tique joue d'un bel équilibre des lignes verticales et horizontales. La verticalité de l'élévation, marquée par les pilastres à bossages scandant les étages, s'harmo-nise avec bonheur avec l'horizontalité du balcon, conti-nu et sinueux, et de la corniche savamment ouvragée. À noter aussi à quel point balcon et corniche se répon-dent ; les consoles de l'un renvoient à celles de l'autre et l'ornementation de la frise de l'entablement, faite de tables chantournées reliées entre elles par de petites baguettes, renforce cet écho.

135 R. de la Senne 75, Bruxelles. 1858.

Malgré son schéma élémentaire – deux niveaux sur caves hautes et deux travées inégales –, cette façade étonne par le travail soigné de sa menuiserie. Porte, châssis et logette témoignent de l'inventivité et du savoir-faire réel, et pourtant tellement courant, des artisans du début du XXe siècle. La corniche n'échappe pas à l'ornementation : elle joue d'un décrochement pour souligner la travée principale et « s'accroche » littéralement au reste de l'élévation par des modillons effilés ponctués de toupies.

137 R. de l'Orient 63, Etterbeek. 1900.

Le charme pittoresque de cette maison de Watermael-Boitsfort lui vient en grande partie de ses multiples corniches peintes en deux couleurs contrastées auxquelles répondent les lignes horizontales des auvents de la porte d'entrée et de la porte-fenêtre de l'étage. La corniche terminale est en outre interrompue par une lucarne-pignon à ferme apparente dans un jeu formel inspiré de l'architecture de villégiature typique de la fin du XIXe siècle qui fait bonne figure dans ce faubourg excentré et encore fort campagnard à l'époque. La polychromie des matériaux, relevant elle aussi du style pittoresque, est de plus enrichie de sgraffites qui s'insèrent entre les hautes consoles de l'imposant auvent de la porte-fenêtre.

138 Drève du Duc 88, Watermael-Boitsfort. Félix Sterckx. 1912.

39 Av. Louis Bertrand 4, Schaerbeek. A. Colin. 1909.

Corniches > 83

Courbes et contre-courbes, tel semble être le leitmotiv de cette belle façade typique de la fin de l'Art nouveau. La corniche, ronde et monumentale, et l'encadrement animant la partie haute de l'élévation répondent aux linteaux souples des fenêtres des étages.

140 Bd du Jubilé 19, Molenbeek.
Émile Lambot. v.1905.

De manière très originale, l'architecte Léon Delune a flanqué la corniche de deux petites lucarnes passantes d'un délicat profil Art nouveau. La corniche sur hauts modillons reprend en l'intensifiant le rythme des baies, respectivement tripartite et quadripartite des étages, tandis que les lucarnes couronnent audacieusement – on dirait des petites oreilles ! – les parties latérales de l'élévation.

Même si cette façade possède encore certains traits historicistes, comme les frontons surlignant la porte et les lucarnes, on sent poindre en elle l'Art nouveau dans la fantaisie et le caractère végétal des garde-corps en fer forgé et de la corniche. Cette dernière, en pierre comme le reste de l'élévation, assouplit et complexifie les lignes un peu rigides de la façade en s'y reliant par des modillons souples qui jaillissent à la manière d'une plante de l'entablement légèrement concave.

141 Av. Maréchal Foch 11, Schaerbeek.
Henri Jacobs. 1899.
Classée 12.09.1996.

142 R. du Magistrat 45, Ixelles. Léon-Joseph Delune. 1902.

143 Av. Wielemans-Ceuppens 79 et 81, Forest. 1910.

Savamment cintrées, ces deux corniches d'un profil concave reprennent les formes surbaissées des baies du rez-de-chaussée et de l'arc de décharge au-dessus des fenêtres du dernier niveau.

Avec la fin de l'éclectisme et de l'Art nouveau, la corniche devient un élément de plus en plus fantaisiste… qu'on serait tenté de rapprocher des chapeaux ou des bérets que portent les femmes à l'époque.

C'est le temps aussi où apparaissent souvent, à la manière d'écolières disposées deux par deux, des maisons identiques et jumelées suivant le rythme audacieux imprimé par leurs corniches.

144 Bd Lambermont 378 et 380, Schaerbeek. v.1910.

Devant ces deux façades jumelées du boulevard Brand Whitlock, l'analogie avec des gardiens coiffés d'un képi est bien tentante. Ici encore, les corniches répondent aux lignes générales de l'élévation. Particulièrement débordantes et chantournées, elles couronnent avec brio des façades tout en convexité. L'une d'elles est malheureusement couverte de PVC.

145 Bd Brand Whitlock 106 et 108, Woluwe-St-Lambert. v.1910.

Cette petite maison, datant vraisemblablement des années 1910, doit, elle aussi, son originalité à sa large corniche évasée et cintrée qui répond avec audace au bow-window du premier étage. Tous les éléments de cette façade jouent sur un caractère convexe, même les verres bombés garnissant les jours d'imposte à petits-bois!

À partir des années 1920, le décor de la corniche est remis en cause par les modernistes. Certains architectes, moins radicaux, tenteront cependant, comme dans ce cas-ci, de conjuguer une corniche ornementée avec une vision novatrice de la construction. Bordant un toit plat, cette corniche s'anime de petits ressauts, rejoints par les pilastres colossaux scandant toute l'élévation.

146 Bd Émile Bockstael 115, Bruxelles Laeken. v.1910.

147 Av. Michel Sterckmans 5, Woluwe-St-Lambert. Edgar Termote. 1935.

Les yeux de la ville

Les fenêtres ? Depuis la fin du XIXe siècle, elles occupent une place croissante dans le discours des façades. Telles des yeux qui s'ouvrent et se ferment, différentes de jour et de nuit, elles révèlent avec leurs silhouettes, leurs alignements et leurs châssis les tempéraments les plus divers au fil des époques.

Av. Jef Lambeaux 12, St Gilles.

Modeste à première vue, cette façade s'offre quelques sophistications dans le dessin de ses ouvertures. Rectangulaires au rez-de-chaussée, les fenêtres sont surbaissées au premier étage. La surenchère se fait au dernier niveau où la baie centrale en plein cintre est flanquée de deux étranges fenêtres à linteau posé en biais.

Telle une fusée, cette façade s'élance vers le ciel. Cet effet ascendant est dû entre autres aux baies oblongues et longilignes. En travée principale, un jeu formel et amusant est induit dans la forme des triplets, qui sont organisés comme si la fenêtre axiale était flanquée de deux volets susceptibles de se replier.

148 Av. Richard Neybergh 192, Bruxelles Laeken. Paul Cauchie, sgraf. 1912.

149 Av. Paul Janson 56, Anderlecht. Douchant. 1914.

De précieuses prunelles

À côté de la sage tradition néoclassique où les fenêtres apparaissent comme un élément géométrique simple et régulier, des façades en proposent les formes les plus folles. Courbes, cintrées, bombées, ogivales, outrepassées, surbaissées ou même sur mesure, les baies définissent l'expression architecturale de leur époque.

Le volume élémentaire de cette villa, quasi cubique, est animé de nombreuses percées. L'alignement des baies, pour la plupart à arc en plein cintre, dessine une figure très singulière.

De drôles de baies agrémentent les façades latérales. Baromètres ou meurtrières ?

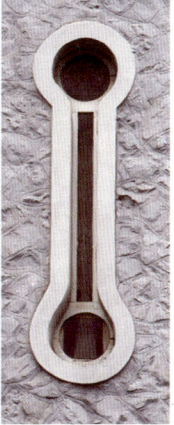

150 Av. des Orangers 82, Woluwe-St-Pierre. Léon Neirynck. 1899.

Cette façade particulièrement graphique de 1925 étale des baies plus soignées et plus originales les unes que les autres. La porte piétonne et celle du garage sont inscrites sous d'identiques arcs en anse de panier. Au premier étage, les baies affectent la forme d'un T tandis que celles du deuxième s'organisent en logettes polygonales.

152 R. Crocq 31, Woluwe-St-Lambert. L. M. De Wit. 1931.

Dans cette façade de Woluwe-Saint-Lambert, la travée d'accès est l'enjeu d'un dessin plus fouillé qu'à la normale. L'agencement en gradins des fenêtres ainsi que la découpe étonnante de la porte laisse deviner le mouvement ascensionnel de l'escalier intérieur de la maison.

151 R. Henry Villard 17-19, Schaerbeek. Jean Coppieters. 1925.

De nombreuses formes de baies animent aussi cette façade jettoise Art Déco. Au premier niveau, la travée centrale développe une importante fenêtre sous un arc en accolade; elle est accompagnée d'un oculus polygonal qui répond avec tempérament à la porte d'entrée étrangement casquée d'un imposant décor en pierre bleue.

153 Bd de Smet de Naeyer 148, Jette. Jules Ghobert. 1923.

154 R. Potaerdegat 73, Molenbeek. v.1935.

Cette façade moderniste pourrait prendre le large à tout moment ! La façade joue subtilement sur notre perception du volume. Aux étages, on a l'impression d'une façade en demi-cercle, dont on ne verrait que la moitié. Serait-ce la proue d'un bateau ? L'arrondi des fenêtres crée un irrésistible mouvement de gauche à droite.

Au sommet de cette haute surface murale, un bandeau de fenêtres offre une précieuse respiration à cette façade, avant que la toiture ne couronne la maison comme un mirador. Dans cette composition de 1959, Jacques Dupuis met adroitement en question l'organisation classique d'une façade en niveaux et travées.

155 Av. de l'Observatoire 78, Uccle. Jacques Dupuis et Albert Bontridder. 1959. © Sabam Belgium 2003.

Si les divisions du châssis — les « petits-bois » — sont le lieu de jeux décoratifs, elles ont aussi une fonction. Les nombreux rideaux, voiles et autres tentures, fort prisés au XIXᵉ siècle pour protéger l'intimité des habitants et diminuer l'intensité lumineuse entrante, sont progressivement remplacés par les petits bois des impostes et les verres colorés des brise-vues.

156 Av. Vital Riethuisen 13, Ganshoren. 1908.

Chassez pas les châssis !

Sacrifiés pour des normes de confort prétendument prioritaires, voici sans doute les éléments patrimoniaux les plus mal aimés de nos maisons. Et pourtant, quelle allure ! D'un rien, ils habillent nos façades. Leur disparition sauvage est d'autant plus dommageable qu'elle fait généralement place à des alternatives plus navrantes les unes que les autres.

Tiens, des impostes ovales ? Même inscrit dans une rythmique classique, un châssis, en introduisant des fantaisies, assouplit une composition d'ensemble. Cette façade éclectique, en poussant la finition jusque dans le dessin des huisseries, fait œuvre totale.

Jusqu'à la Première Guerre, les artisans aiment travailler le bois en le sculptant comme la pierre. On introduit des modénatures dans les montants. Tels ces fuseaux ou ces colonnes torsadées engagées.

157 Av. Brugmann 181, Forest. Paul Tombeur. 1905.

158 Bd Léopold II 274, Koekelberg. 1900.

CHÂSSIS EN BOIS D'HIER ET D'AUJOURD'HUI

Les bois de qualité (chêne, pichpin) sélectionnés au début du XXe siècle pour les châssis sont pratiquement introuvables aujourd'hui. Pour les conserver, entretien et restauration sont les uniques solutions. Actuellement, la production industrielle propose souvent des châssis à montants plats, de section trop large, et qui sont réalisés sans donner aucune attention aux proportions des fenêtres. Les impostes sont trop grandes, le nombre des ouvrants ne respecte pas le rythme originel, et pire encore, la largeur des montants varie. Ces pratiques ont pour effet de littéralement détruire les façades dans leur entièreté. Des exemples de modifications dommageables? Il y en a même dans ce livre. À chercher…

159 Av. Jef Lambeaux 12, St-Gilles.
Georges Peereboom. 1898.

160 Av. d'Auderghem 297, Etterbeek.
Henri Godsdeel. 1906.

161 R. Jean Gérard Eggericx 3, Woluwe-St-Pierre.
Fernand Conard. 1913.

Telles des articulations, les petits-bois s'étendent au travers des impostes et des ouvrants pour dessiner des châssis comme on en a rarement vu. L'Art nouveau confère à la menuiserie un rôle majeur dans la personnalité de la façade. Les lignes des boiseries créent de surcroît de riches dialogues avec la ferronnerie.

L'imposte, élément fixe de la baie, est souvent l'espace privilégié pour la réalisation de motifs ornementaux. Ses proportions sont d'une grande importance pour l'équilibre visuel de la façade. La traverse, alignée sur un bandeau de pierre, scande horizontalement l'élévation. La division en petits-bois introduit des verres colorés, d'une polychromie et d'une rythmique qui répondent à l'entièreté de la façade et au sgraffite.

Voici un autre exemple d'influence de l'Art nouveau dans le traitement du châssis. Les petits-bois envahissent les ouvrants dans le souci d'introduire plus de graphisme et plus de souplesse. Vers 1900, la plupart des châssis de qualité sont vernis ou peints en couleur foncée. Plus discrets, ils sont susceptibles de mieux s'intégrer aux façades.

Démesurée par rapport à ses petites voisines, cette façade est un hymne à la beauté des fenêtres. Cernés et parsemés de verres violets, les châssis font la richesse de cette réalisation de Paul Vizzavona. Pour parfaire le tout, de fines assises de briques dorées rehaussent les encadrements et les bandeaux.

162 R. de Roumanie 40, St-Gilles. Paul Vizzavona. 1905

Voici des châssis qui ne passent pas inaperçus ! La forme ronde ou fortement arrondie des impostes est accentuée par un vitrage vert. Le tracé principal de la façade est centré sur les baies ; une arcature aveugle réunit les ouvertures du deuxième étage alors qu'un balcon et une logette unissent les châssis du premier. Georges Cochaux-Ségard a visiblement pris beaucoup de plaisir à créer une identité particulière pour ces fenêtres.

163 R. des Ménapiens 36, Etterbeek. Georges Cochaux. 1908.

Prodigieuse fenêtre à arc outrepassé de la cuisine-cave. Ce travail extrêmement soigné s'explique peut-être parce qu'il se situe au niveau du regard du passant. Une porte magnifique de la même habitation ? → 8.

On est frappé par la richesse de la forme des fenêtres et par la qualité des huisseries de cette façade éclectique du centre d'Anderlecht … et plus encore après comparaison avec la maison voisine qui a perdu ses boiseries d'origine.

C'est dans les châssis que réside l'élément constitutif de l'identité de cette façade. La grande fenêtre du rez-de-chaussée est animée d'une traverse courbe qui répond aux lignes souples de celle de l'étage. Là, traverse et garde-corps en fer forgé dialoguent en des courbes convexe et concave. En travée d'accès et au dernier niveau, les imposes sont animées de petits-bois, dont la sévère géométrie est empreinte de la fascination de l'Art nouveau pour le japonisme. Plus de châssis, plus de façade !

164 Bd Gl Jacques 74, Ixelles. Max Blieck. 1899.

165 Av. Paul Janson 26, Anderlecht. O. Brison. 1911.

Aussi radieuse que soit cette élévation de l'avenue Albert, elle perdrait assurément de sa superbe sans ses châssis Beaux-Arts. Infiniment soignés, ceux-ci participent considérablement à l'esprit de la façade. C'est dans l'enchaînement le plus parfait que les petits-bois rayonnants de l'imposte rattrapent les bossages continus. Dans la face axiale de la logette, un petit ovale en imposte crée un axe entre les clefs en cartouche et en mascaron et le dessin du garde-corps en fer forgé.

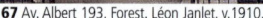

167 Av. Albert 193, Forest. Léon Janlet. v.1910.

Avenue de Tervueren, le style Beaux-Arts se met en scène. Les châssis souples et particulièrement seyants renforcent l'impression de finesse de cette architecture et la surface vitrée en paraît considérablement accrue. Cette recherche de transparence et de discrétion distinguée est couronnée par la mise en œuvre de vitres courbes.

166 Av. de Tervueren 81, Etterbeek. Franz d'Ours. 1914.

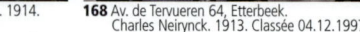

168 Av. de Tervueren 64, Etterbeek. Charles Neirynck. 1913. Classée 04.12.1997.

Le moderniste place avant tout la beauté dans ses recherches de proportions et de géométrie. Les formes sont pures et la ligne effilée. Les châssis métalliques contribuent grandement à l'équilibre de cette façade. La finesse des profils souligne légèrement les fenêtres en bandeau et la courbure du verre.

169 R. Ernest Salu 34, Bruxelles Laeken. Victor Duyckers. 1937.

Cette façade de l'entre-deux-guerres possède des châssis entièrement garnis de petits-bois. Typique de l'influence de l'architecture cottage anglaise, cette forme de petits-bois deviendra le symbole rustique du confort et de l'intimité. D'une part, on vitre une grande surface de la façade, d'autre part, on se retranche derrière des petits bois qui diminuent la visibilité. La mise en couleur en plusieurs teintes vives est aussi caractéristique des Années folles.

170 Av. Victor Rousseau 32, Forest. F. Van Meulecom. 1923.

C'est beau une ville la nuit

De jour, les vitraux protègent l'intimité de l'habitant et habillent
de couleurs l'intérieur tout en tamisant l'intensité de la lumière.
De nuit, ils colorent la rue pour le plus grand plaisir du passant.

171 R. Kessels 86, Schaerbeek.
François Hemelsoet. 1906.

172 Av. Jef Lambeaux 35, St-Gilles.
Clément Verhas. 1910.

173 Av. Jef Lambeaux 15, St-Gilles. Alex Desruelles. 1910.

174 R. Vandermeersch 29, Schaerbeek.
Camille Simoens entr. 1885.

175 Av. Louis Bertrand 82, Schaerbeek. 1905.

176 R. Vandermeersch 27, Schaerbeek.
Camille Simoens entr. 1885.

177 R. Kessels 88, Schaerbeek. François Hemelsoet. 1906.

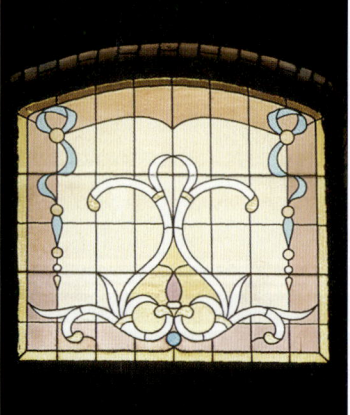

178 Av. Louis Bertrand 101, Schaerbeek. 1909.

179 Av. Jef Lambeaux 36, St-Gilles. Alfred Malchair. 1900.

LE VITRAIL

Les premières réalisations de vitraux en Belgique remontent au IXᵉ siècle. La technique du vitrail, qui a brillé dans l'art religieux médiéval du XVᵉ et XVIᵉ siècles, s'est ensuite assoupie pour renaître avec le XIXᵉ siècle qui voit une revalorisation des arts et de l'artisanat du Moyen Âge. Dans un premier temps, on redécouvre le vitrail grâce aux grandes restaurations. L'intérêt pour cette technique ancienne suscitera ensuite l'invention de nouveaux verres tel le « verre américain » présenté à l'exposition universelle de Paris en 1878. Coulé, teinté dans la masse et imprimé, il est opalescent et doté d'une texture en relief. D'autres verres tels que le « verre cathédrale » ou le « verre antique » sont aussi mis au point à la même époque. Une mise en plomb très élaborée cerne et souligne le dessin, ces verres ne permettant ni gravure à l'acide ni peinture en grisaille.

180 Bd Lambermont 75, Schaerbeek. 1907.

181 Av. Louis Bertrand 82, Schaerbeek. 1905.

184 Av. René Comhaire 78, Berchem-Ste-Agathe.
A. De Groeve. 1927.

Petits animaux et végétaux stylisés emplissent les impostes 1900. Sous l'influence de l'Art nouveau, cygnes, papillons, paons, perroquets et autres petits oiseaux font l'objet d'un engouement populaire extraordinaire. Comme pour les garde-corps en fonte → p. 120 ou les carreaux de céramique → p. 185, ils sont pour la plupart proposés sur catalogue et sélectionnés par les commanditaires eux-mêmes.

182 Av. Jef Lambeaux 38, St-Gilles. 1902.

183 R. Timmermans 12, Forest. v.1910.

185 R. Paul Lauters 47, Ixelles. Frans Albert. 1901.

Le verre américain est aussi beau de jour que de nuit.

186 Av. Molière 256, Ixelles. Fernand Petit. E. Timmermans, maître verrier. A. Paulis, cartons. 1929.

L'une de style Art nouveau, l'autre Art Déco, ces façades développent de gigantesques vitraux éclairant leurs cages d'escaliers. Ces sources de lumière monumentales demandent inévitablement l'utilisation de verres opaques pour protéger l'intimité de l'intérieur.

187 R. du Lac 6, Ixelles. Léon Delune. 1903. Classée 21.02.2002.

188 R. Jenatzy 9, Schaerbeek. A. Dankelman. 1906.

Voici un vitrail qui tranche au milieu des sujets décoratifs habituels et convenus. Tout d'abord, il n'agrémente pas une fenêtre mais une allège sur fond de brique, ce qui lui donne la brillance des émaux. Gustave Strauven recourt aussi à cette technique d'ornementation de la façade, relativement rare à Bruxelles → 387 et 388. En outre, il résonne comme un blason. Au-dessus d'une devise en néerlandais « De kunst treft den geest. De kunst treft de zintuigen. » ou « L'art touche notre esprit. L'art touche nos sens. », deux lions affrontés encadrent une vasque enflammée.
Cette maison était l'habitation personnelle de l'architecte Dankelman.

189 R. Maurice Liétard 34, Woluwe-St-Pierre. Jean De Ligne. 1923.

Avec l'Art Déco, les jeux de vitraux se font moins narratifs et osent des contrastes précieux entre verre transparent et verre américain.

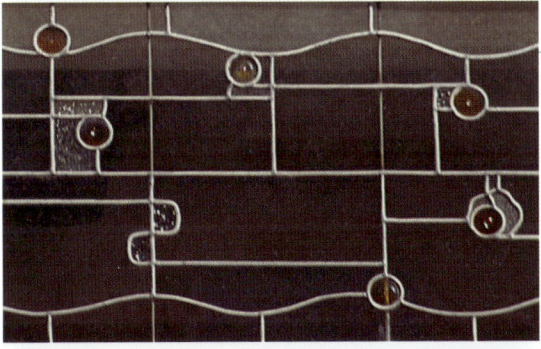

Abstrait, monochrome et géométrique, le vitrail se fait lignes. La correspondance avec la peinture de l'époque est indéniable.

Cette fenêtre, ornée d'un magnifique vitrail brise-vue pratiquement monochrome, inaugure un type de vitrail dépassant la représentation naturaliste.

190 R. Timmermans 33, Forest. Depelsenaire. 1935.

Textures et couleurs

Parures de briques, frises de céramique, bandeaux de sgraffite, pierre taillée ou enduit ; le choix du parement détermine la personnalité d'une façade, surtout quand il est renforcé par des associations de couleurs. Pour le plus grand plaisir du promeneur, la façade devient un véritable tableau sensitif et coloré. De l'assemblage de ces textures et matériaux, de ces effets de surfaces, résulte en grande partie notre première et meilleure impression.

La « villa Germaine », intitulée ainsi dans son pignon, s'offre à nous telle une éclatante tapisserie. Son appareil de briques rouges en trame de fond est parsemé de motifs de briques jaunes en forme de triangle et de losange. Ces motifs, organisés en frises et encadrés par de fins bandeaux de pierre bleue, créent une impression de gaîté coquette. Chaque niveau est ceinturé par une frise de carreaux de céramique en relief aux motifs végétaux stylisés, qui accentue encore l'effet de grande trame colorée. La toiture n'est pas en reste dans ce jeu d'embellissement ; le brisis, tout en mettant en exergue la lucarne-pignon à rampants chantournés, s'accorde une couverture de céramique composée de sphères vertes sur fond jaune.

191 Av. Palmerston 24, Bruxelles Extensions. 1897.

192 R. Frans Binjé 3, Schaerbeek.
A. Dankelman. 1909.

POLYCHROMIE ET DÉCORATION

« La polychromie n'est pas à envisager seulement au point de vue décoratif … elle est aussi d'un puissant secours pour l'expression esthétique d'un édifice et c'est un moyen précieux d'accuser la puissance, la force de certains membres, la légèreté et la richesse des autres ; c'est un moyen d'arriver aux oppositions sans être entraîné aux contrastes choquants ». L'ÉMULATION, 1ʳᵉ ANNÉE, N° 2, 1874-75, COL. 3.

Cette façade, toute en subtilités de couleurs et d'appareillages de la brique, associe deux tonalités et trois types d'assemblages. Un motif en panneresse, dans une tonalité orange clair uni, garnit l'allège du rez-de-chaussée ainsi que le dessus des baies de la travée d'accès. Un appareil croisé anime les trumeaux et les encadrements. Les allèges, agrémentées d'un assemblage plus tranché, créent un contrepoint ainsi qu'un prolongement parfait des balcons. C'est dans une nouvelle mise en œuvre, saillante, que les arceaux concluent l'élévation en amorçant le décrochement final sous la corniche. Quant au choix chromatique ocre-orange, il est maintenu jusque dans les châssis et les vitraux des jours d'imposte.

193 R. Gustave Huberti 61-63, Schaerbeek. 1907.

Peut-être grisé par sa situation en parcelle d'angle, un modeste immeuble de rapport opte pour une théâtralisation haute en couleurs. Un amusant ordre colossal est en effet monté de toutes pièces par le jeu bicolore de la brique rehaussée de quelques éléments choisis en pierre bleue. Sur un fond de briques jaunes, des pilastres de briques oranges se découpent formant un léger relief et confèrent une certaine monumentalité aux quatre niveaux de l'élévation. La pierre bleue, tel un coup de crayon, accentue les lignes de force. Chapiteaux et bases des pilastres, cordons, frise d'arcs brisés créent l'impression d'une galerie d'arcs d'ogive en trompe-l'œil.

Un peu de vert, beaucoup de blanc, quelques courbes et voilà une façade qui devient quasiment champêtre. Dans un parement généralisé de briques blanches vernissées, un air d'été s'installe avenue Albert Giraud à Schaerbeek; quelques briques vertes scandent la façade de fins bandeaux et magnifient, comme des rayons, la rondeur des arcs, tandis que de menus sgraffites en allège évoquent dans des tons semblables des bouquets floraux.

194 Av. Albert Giraud 38, Schaerbeek. P. Collart. 1909.

Assortiments et voisinages éloquents : voilà sans doute une règle capitale pour réussir la polychromie d'une façade. Vers 1900, l'emploi de bandeaux de carreaux de céramique constitue un grand standard pour renforcer la couleur d'une façade. Ces frises ornementales — des fleurs de pavots sur fond turquoise — ont été réalisées par la manufacture Helman. Célestin Helman, céramiste mais aussi architecte, signe par ailleurs les plans de cette façade, où briquettes blondes, châssis noirs et céramique turquoise se renforcent mutuellement par de riches jeux de contrastes.

195 Av. du Mont Kemmel 6, Forest. Célestin Helman. 1905.

Des modifications peuvent être l'occasion d'affirmer de nouveaux dialogues de matières et de couleurs. Rue du Mail, les sgraffites disparus ont été remplacés par de la pierre jaune, tandis que sur cette façade de Laeken des carreaux de céramique ont été ajoutés quelques années après la construction. Les identités de ces façades ont été renouvelées en renforçant l'impression de polychromie. En outre, rue Félix Sterckx, le mélange des formats – carreaux de céramique carrés contrastant avec les briques rectangulaires – réaffirme la modernité de l'habitation.

196 R. du Mail 96, Ixelles. L. Dedecker. v.1903.

197 R. Félix Sterckx 45, Bruxelles Laeken. v.1925. Transfo. en 1931.

L'ordre strict de cette élévation est quelque peu ébranlé par la fraîcheur et la candeur avec laquelle des carreaux de salle de bains ont envahi toute la façade. En plus de sa texture surprenante en un tel lieu, cette céramique ose un fond vert d'eau rehaussé de marguerites. Quel panache ! Sages d'abord, les fleurs garnissent les allèges sous les fenêtres du rez-de-chaussée. Exubérantes, elles envahissent le bel étage. Pour couronner le tout, les marguerites se mêlent, souveraines, aux feuilles d'acanthe et aux motifs rocaille sophistiqués.

198 Bd Gl Jacques 29, Ixelles. E. Delune. Vermeren Coché, céram. 1897.

Sortie tout droit d'un roman de Jules Verne, cette façade d'allure bourgeoise, aux châssis et garde-corps de tendance Beaux-Arts, est dotée d'une étrange logette en métal boulonnée et soudée à laquelle répond le grand linteau des baies du dernier niveau. Une façade coquette et des matériaux bruts; ce mélange détonnant qu'avait déjà prôné l'Art nouveau deux décennies auparavant, connaît ici une application insolite.

199 R. des Alliés 107, Forest. 1924.

Pourquoi toujours du blanc pour les châssis? Les boiseries de cette façade, de sa fenêtre la plus simple à sa logette très sophistiquée, se sont parfaitement prêtées à la bichromie. Jaune pâle et vert d'eau s'alternent dans les montants, les petits-bois des jours d'imposte et les corniches pour rehausser richement la façade.
D'autres mises en couleur originales de boiseries? → 138, 170, 266.

200 Av. Albert Giraud 9, Schaerbeek. François Hemelsoet. Paul Cauchie, sgraf. 1912.

Quand la polychromie se met au service des volumes, c'est pour mieux faire dialoguer les contraires. Noir, le volume saillant de l'oriel se détache et s'affirme devant la façade, en retrait certes, mais d'un rouge brique éclatant. Dans un troisième plan, encore plus creusé, les portes d'entrée et de garage se font écho ; elles sont toutes deux surmontées d'un linteau en simili-pierre orné d'un triangle. À leur pointe, débute un double liseré d'or qui, tel un refrain, se retrouve à chaque niveau et se prolonge par les petits-bois des jours d'imposte. Logique, mesure et élégance se combinent pour notre plus grand plaisir.

201 Av. Ernest Cambier 23, Schaerbeek. Julien Roggen. 1931.

Teinte presque uniforme, texture aux minuscules aspérités. Est-ce ou non de la pierre ? Les joints sont si minces, le caractère si lisse et l'appareillage si soigné. La pierre de Savonnière permet une mise en œuvre pleine de subtilités, aux profils nets et aux formes néanmoins complexes. Les châssis métalliques, d'un profilé très fin, et le dessin tout aussi épuré du vitrail accentuent l'impression d'abstraction.

202 R. Dodonée 11, Uccle. Fernand Badoux. 1933.

LE CIMORNÉ

Impossible d'évoquer le cimorné sans parler de la marbrite à laquelle il est intrinsèquement lié. Apparue dans les années 1920, la marbrite est un verre coloré et opacifié dans la masse. Comme son nom l'indique, son but était d'imiter le marbre, dans des tonalités infiniment plus riches pour un coût nettement inférieur. Le cimorné est issu du concassage des déchets de marbrite. Mis au point par l'hennuyer Pierre Petroons peu avant 1930, cette technique consistait à projeter les déchets de marbrite dans du ciment frais. Le cimorné (le « ciment orné ») a connu un succès considérable et populaire. Il permettait à bon compte de donner aux façades ce petit côté clinquant si prisé par l'Art Déco.

C'est à nouveau dans une typologie Art Déco des années 1930 que les aplats de couleurs sont adoptés comme source d'embellissement et d'affirmation d'une identité géométrique. Des surfaces uniformes, des matériaux modestes comme la brique ou le cimorné ; un résultat chatoyant à la lumière.

203 R. Émile Wittmann 20, Schaerbeek. E. Plétinckx. 1934.

LE SIMILI-PIERRE ET LA PIERRE RECONSTITUÉE

Autour de 1900, « le prix élevé de la pierre naturelle et la tendance à augmenter toujours davantage son emploi dans les constructions devaient inciter les architectes à recourir à des matériaux plus économiques et ayant un aspect semblable à celui de la pierre ». Le simili-pierre, un enduit « riche en pierre naturelle broyée », fut employé dans un premier temps mais « la composition de cette dernière était trop sensible aux variations (fêlures, crevasses, sans parler des détachements du produit). » La pierre reconstituée quant à elle « est un matériau de construction, un aggloméré compact, armé, capable de résister à la compression, à la flexion et même au cisaillement (…) Pour donner à cette pierre artificielle chaleur et vie, (…) la face extérieure, celle qui fera le parement, est revêtue d'une couche d'un mélange de pierre naturelle broyée et teintée. Cette couche a deux centimètres d'épaisseur ». Cette solution plus fiable fut utilisée dès la fin des années 1920.

L'ÉMULATION, N° 7, JUILLET 1928, P. 43.

Guillerette et naïve, cette façade s'affiche avec un trumeau saillant à l'allure tubulaire comme unique ornement, telle une œuvre en noir et jaune à la manière de Fernand Léger. Solaire et radieuse, la briquette jaune s'affirme, à partir des années 1930, comme « la » solution pour illuminer une façade sous notre triste climat.

Un simple motif décoratif dans la rampe d'accès en fer forgé, une double spirale inscrite dans un triangle, marque un temps d'arrêt au-dessus du perron. Le dessin de la ferronnerie noire est très expressif dans un environnement essentiellement jaune.

204 Av. Seghers 97, Koekelberg. Deweirdt. 1936.

Des motifs géométriques simples tels que triangle, spirale ou rainure animent la ferronnerie de la fenêtre. Polychromie riche, matériaux bigarrés et un caractère légèrement arrondi font la fête au passant.

Ce petit immeuble de rapport à Berchem nous prouve que dans les réalisations les plus modestes, c'est le détail soigné qui fait la différence. L'attention toute particulière apportée au traitement du porche d'entrée, espace dont l'habitant est tributaire plusieurs fois par jour, récompense l'œil et lutte contre la monotonie.

205 R. Openveld 67, Berchem-Ste-Agathe. J. Berghman. 1939.

UNE MAISON : UNE COULEUR !

« Les êtres sains aiment la couleur, comme ils aiment le soleil, dont elle constitue une expression délectable. La couleur est optimiste et active. Elle personnalise et exalte le caractère des objets et des choses en magnifiant leurs formes. En réaction contre la grisaille du climat, les peuples du nord aiment la couleur. Ce pourquoi ils aiment la brique, matériau de terre colorée par le feu. Ainsi, sous les cieux gris, il est des cités (…) pétries de carmin et d'ors par la grâce de ce grand matériau traditionnel et moderne : la brique ».

BÂTIR, N° 42, MAI 1936, P. 692.

206 R. Mareyde 8, Woluwe-St-Pierre.
    Société générale de construction et d'épargne, entr. 1932.

Cette façade imposante s'offre quatre couleurs et autant de types de revêtements. Les années 1930 vont tout particulièrement s'affirmer dans des jeux cubistes de contrastes, d'emboîtements et de super-positions ; bref, dans des dialogues géométriques de textures et d'aplats colorés.

Oser le rouge ? Beaucoup d'audace et d'assurance dans ces colonnes engagées du bel-étage. Comme un porte-drapeau, le rouge, franc, affirme son modernisme au sein d'une typologie d'une géométrie nouvelle certes, mais modérée. La traditionnelle logette surmontée d'un balcon demeure une valeur sûre et la couleur rouge, même péremptoire, reste quand même plus décorative que le seul blanc prôné par les puristes d'avant-garde. Voila un bon compromis entre modernité et conservatisme.

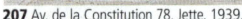

207 Av. de la Constitution 78, Jette. 1939.

Parfois le blanc apparaît comme un coloris. C'est le cas de cette maison moderniste de Saint-Gilles où le blanc, rationnel, fait ressortir les volumes de l'étage en encorbellement et le dispositif d'entrée. Doubles ou triples, des touches noires, comme des griffes, ponctuent de haut en bas, de droite à gauche toute la façade et s'approprient chaque élément.

208 R. de Bordeaux 41, St-Gilles. F. Vervalcke et C. Marit. 1936.

La blancheur uniforme d'un enduit, favorisée par une texture granuleuse, accroche et réfléchit la lumière de mille manières. Seul le blanc parvient à rendre les ombres et les reliefs aussi subtils. Et quand il s'associe à des formes arrondies, il génère une douceur singulière…

209 Av. des Jacinthes 19, Schaerbeek. v.1930.

Écarté pendant des siècles par les règlements communaux, le bois revient aujourd'hui en force. Ce revêtement « naturel » comble nos envies de nature, d'authenticité et de simplicité. Sa texture et sa couleur changeante renouvellent l'idée de décor. Ses proportions, en jouant d'une fausse modestie, asseyent sa personnalité.

210 R. Nestor de Tière 61- 65, Schaerbeek. Birgir Jóhannsson. 2000.

Articulations et décrochements

La façade n'est pas seulement affaire de textures ou de couleurs. Son expression est souvent renforcée par des décrochements, des saillies ou des retraits qui la font déborder vers la rue ou au contraire la creusent de l'intérieur. Tantôt subtiles, tantôt puissantes, ces articulations de plans confèrent à l'élévation un caractère sculptural.

211 Av. Brugmann 547, Uccle.
Henri Borgers. 1909.

Métaphore architecturale de la nature qui éclôt, qui bourgeonne, la façade déborde de jets vigoureux. La puissance végétale, principale inspiratrice de l'Art nouveau, est transcrite littéralement dans la pierre. Cette maison démonstratrice est celle de l'architecte Henri Borgers.

212 R. Félix Delhasse 24, St-Gilles. Émile Lambot.
1905.

En une articulation magnifique visiblement influencée par l'art de Victor Horta, Émile Lambot a animé sa façade en y plaçant au centre un bow-window. Celui-ci sert d'auvent à la minuscule porte d'entrée et se relie latéralement au reste de l'élévation par des pans concaves. La pierre blanche, souplement mise en œuvre, acquiert la plasticité d'une peau, délicatement incisée au niveau des allèges. Les cordons courbes et continus accentuent l'horizontalité du volume.

213 R. Philippe Le Bon 55, Bruxelles Extensions.
Armand Van Waesberghe. 1898

Armand Van Waesberghe souffle à peine ses 19 bougies quand il conçoit cette maison et huit autres dans le quartier des squares à Bruxelles. Le jeune maître a donné corps à ses lignes puissantes par un traitement en relief de la pierre bleue. Elle naît littéralement de la plinthe pour s'épanouir en ressauts successifs dans l'encadrement profilé et biseauté de la porte et des fenêtres du soubassement et du rez-de-chaussée. Le résultat défie l'architecture : il est sculptural.

Une façade étrange, dont le style semble plus influencé par Gaudi que par l'Art nouveau bruxellois. Les articulations se font osseuses, cartilagineuses, tel ce balcon dont les montants s'apparentent à des osselets. Les baies s'écoulent en formes fantastiques, quasi molles. Les châssis s'organisent à la manière de colonnes vertébrales. Les encadrements des baies prennent des allures de chair. La bizarrerie est ici portée à son comble dans une attention à tous les détails.

214 Av. Brugmann 490, Uccle. Léon David. 1904

Abîmée au rez-de-chaussée, la maison reste cependant belle. Un bow-window triangulaire crée l'événement aux étages. Il a la fierté d'une proue et la souplesse d'une vague. À noter aussi, les garde-corps en fer forgé qui, tout en lignes biaises et ascendantes, s'apparentent au plumage d'un paon.

215 R. Saint -Josse 13-15, St-Josse-ten-Noode. Léon Govaerts. 1902.

Avec son pignon en bois à ferme apparente et sa tourelle coiffée d'une flèche, cette façade prend des airs de conte de fée. Cette apparente naïveté dissimule une structure complexe. Les matériaux s'imbriquent les uns dans les autres avec virtuosité – pierre blanche, pierre bleue, linteau métallique, bois. D'invraisemblables décrochements, à la fois puissants et déchiquetés, animent le volume tel le meneau de la fenêtre principale du dernier étage traité en ressaut ou les modillons qui s'accrochent à la corniche de la logette.

216 Av. des Éperons d'Or 12, Ixelles. Léon-Joseph Delune. 1912.

Cette façade semble découler de sa corniche par des tiges décoratives en fer forgé et des colonnettes en fonte. L'organisation intérieure de cet immeuble à appartements est lisible sur l'élévation. La séparation entre les deux appartements de chaque étage, chacun doté d'un balcon couvert, est symboliquement marquée au centre de la façade par une fausse et minuscule niche ceinte d'un petit garde-corps. Tout en n'ayant aucune fonctionnalité, cette niche anime plastiquement l'ensemble.

218 R. Franklin 76-80, Bruxelles Extensions. Franz Tilley. 1907.

Horizontalité et monumentalité pour cette façade signée Joseph Diongre en 1914. Les décrochements s'organisent puissamment depuis le balcon continu du premier étage, se fondant dans un bow-window au centre de la façade. Celui-ci sert d'assise à une petite terrasse. Devançant le dernier niveau, un autre balcon répond à celui du premier étage et stabilise définitivement la façade. Consoles et parapets concourent à l'impression générale de solidité et de force.

217 Av. Albert Giraud 90-92, Schaerbeek. Joseph Diongre. 1914.

LOGETTE, LOGGIA, ORIEL, BRETÈCHE, …

Le vocabulaire des décrochements n'est pas chose aisée. Pour des raisons de facilité, nous avons choisi de nous en tenir aux définitions de Pérouse de Montclos, alors que, suivant les lieux et les époques, d'autres termes sont souvent employés pour désigner un même objet.

Logette : petit ouvrage en surplomb, de plan allongé et à un seul étage. La logette apparaît dans le dernier tiers du XIXe siècle à Bruxelles. Dans les plans anciens, on confond souvent les appellations : on trouve souvent la dénomination de loggia (voir ci-dessous) ou de bretèche (terme d'architecture militaire) pour désigner une logette.

Bow-window : de plus en plus difficile ! Le bow-window est une espèce de logette, dont la particularité est de faire corps complètement avec l'élévation. Autant la logette est un élément « rapporté », autant le bow-window est lié intrinsèquement à la façade, par ses matériaux (souvent les mêmes que le reste de la façade), sa forme (souvent arrondie ou polygonale). Il apparaît avec l'Art nouveau et connaît une grande fortune avec les style Beaux-Arts et Art Déco. Des exemples de bow-windows ? → 39, 46, 48, 88.

219 Chée de Gand 1266, Berchem-Ste-Agathe. 1912.

Oriel : c'est une logette sur plusieurs niveaux. Par exemple, cette minuscule façade est doté d'un immense oriel de deux niveaux (et dans ce cas, la façade est tellement étroite qu'on a l'impression qu'elle n'est qu'un oriel).

Enrichie de petits bows-windows sur plan centré, l'un au-dessus de la porte d'entrée, l'autre en travée principale, cette façade de style éclectique persiste dans son idée de rondeur en ouvrant au dernier étage une fenêtre en plein cintre exaltée par une archivolte en pierre bleue.

220 Av. Albert Jonnart 23, Woluwe-St-Lambert. v. 1905.

221 R. des Coquelicots 12, Etterbeek, Chrétien Veraart. 1909.

Loggia : pièce à l'étage, ouverte vers l'extérieur : ses baies n'ont pas de menuiserie.

Cette façade de style Beaux-Arts joue sur un magnifique décrochement aux étages. Le bow-window du premier étage et la loggia du second sont tous deux englobés dans un encadrement monumental en ressaut, lui-même accentué par la ligne de la corniche.

222 Av. Paul Deschanel 20, Schaerbeek. Vanderberghe. v. 1920.

R. Vandermeersch, Schaerbeek. v.1885.

R. François Bossaerts, Schaerbeek. v. 1905.

Balcons : Avec l'essor de la maison bourgeoise mitoyenne, un élément devient récurrent dans la façade bruxelloise : le balcon. Il est en général formé d'un socle en pierre bleue (de 70 ou 90 cm de profondeur suivant la largeur de la rue) soutenu par des consoles et ceint d'un garde-corps, le plus souvent en fonte. Ce matériau moulé est lié à l'industrialisation du XIXe siècle et permet de répéter indéfiniment les modules constitutifs du garde-corps, qu'on assemble ensuite dans un cadre en fer forgé. Les fonderies mettaient à la disposition des clients un catalogue, où chacun pouvait trouver le modèle de garde-corps convenant à son style de façade.

Ce savant enchevêtrement de volumes a de quoi surprendre dans cette façade Art Déco modeste à première vue. L'entrée est protégée par un porche, devancé par un auvent en bois. La ligne et le matériau de celui-ci sont repris dans la corniche du bow-window et les deux corniches terminales largement débordantes. Le bow-window rectangulaire se fait subtilement convexe dans un élan dynamique relayé par les vitraux presque futuristes des impostes.

223 R. Edgar Tinel 27, Anderlecht. Guillaume Engels. 1930.

La façade, entièrement parementée de briquettes sur un soubassement recouvert de cimorné → p. 109, accroche la lumière par des jeux de saillie et de retrait, magnifiés par une savante asymétrie, notamment dans les portes habilement ajourées. Tous ces décrochements sont soulignés par des pilastres stylisés qui assurent l'unité de l'ensemble.

La verticalité de cette élévation est savamment tempérée par un jeu de décrochements autour des larges fenêtres. Le regard monte sans heurt de niveau en niveau : ici en s'appuyant sur la corniche largement débordante de la baie, ensuite sur le soulignement de son décrochement en escalier, là-haut enfin, en se reposant sur l'appui de la fenêtre. La composition, profondément abstraite, est sensualisée par un enduit en léger relief et les meneaux sculptés en bois.

224 Bd de Smet de Naeyer 153, Jette. F. Grokaert, entr. 1934.

225 R. Aviateur Thieffry 35, Etterbeek. Maurice Aerts. 1927.

Cette façade moderniste est animée de décrochements puissants, d'autant plus massifs que les volumes sont d'une radicale et blanche simplicité. Par transparence, derrière un vitrail aux lignes à la fois élémentaires et savantes, on participe à l'articulation intérieure de la maison. Les plans s'imbriquent les uns dans les autres, comme jamais, conférant à cette toute petite maison une subtile monumentalité.

226 R. de la Seconde Reine 5, Uccle. Louis Tenaerts. 1930.

227 Av. de l'Échevinage 16, Uccle. Raphaël Delville. 1935.

La bien nommée « Maison des terrasses » s'épanche vers la rue dans un enchevêtrement d'auvents, de balcons, de terrasses et de pergolas. Toutes ces saillies ont la netteté et la force d'un dessin à main levée. Rien de rigide dans tout cela. Tout n'est que surenchère de courbes pour Raphaël Delville, l'un des chantres de l'architecture moderniste.

Massive tout en dégageant une poésie certaine, elle déborde vers la rue de toutes ses rondeurs. À gauche, une console unique soutenant l'oriel a l'air d'une aile de papillon. Elle répond à l'allège du bow-window de droite, animé d'un relief en nuage.

228 Av. du Val d'Or 79, Woluwe-St-Pierre. Édouard Frankinet. 1928.

Vue de biais, cette façade Art Déco s'articule en vagues successives, depuis les étranges balcons couverts des extrémités, en passant par les oriels et l'imposant auvent courbe qui somme la porte d'entrée. Complexes, la géométrisation et l'enchaînement des volumes sont relayés par les puissantes corniches qui soulignent les divers décrochements.

229 Av. Gounod 23-25, Anderlecht. 1931.

Le style « Spirou » → p.38 est familier des décrochements obliques. Cette façade suscite l'étonnement avec ses terrasses couvertes implantées en biais pour profiter d'un ensoleillement maximum. Terrasses et corniche se répondent par leur forme et leur couleur communes tandis que la stabilité générale du volume est assurée par des montants monumentaux en schiste.

230 R. François Gay 207, Woluwe-St-Pierre.
Léon Le Cocq. 1960.

Côté cour, la façade est piquante, animée de décrochements triangulaires. Côté jardin, elle se fait plus câline par un jeu irrégulier de balcons verts et courbes en accord avec la végétation des jardinets suspendus.

231 Av. de l'Observatoire 35, Uccle. Jean-Pierre Blondel et Odette Filippone. 1985.

De chaumières en châteaux

Certaines maisons ont un air de conte. Ici, le château de la Belle au Bois dormant. Là, l'humble chaumière des Sept Nains. Les façades transgressent les normes habituelles pour nous plonger au cœur d'un univers merveilleux d'où pourraient surgir donjons et dragons, fées et sorcières. Telles Versailles ou Trianon, elles matérialisent le désir qui anime un maître d'ouvrage à faire de ses rêves d'enfant une réalité.

Ici, un juge au Tribunal civil se projeta au temps de la Sainte Inquisition. La façade porte haut sa gigantesque tour, faisant la part belle à l'architecture gothique. Rien n'y manque, ni les meurtrières ni les créneaux ni la bretèche ni les gargouilles fantastiques. Un moment de pur Moyen Âge… en 1902. La précision et le savoir-faire dans l'exécution des détails dépasse à peine la mégalomanie du rêve.

232 Av. Brugmann 134, Forest.
Hector Maertens. 1902.

233 Carrefour Ste-Anne 2, Auderghem. 1938.

En plein Auderghem, aux confins du château Sainte-Anne et de Val Duchesse, la vigie d'une grosse villa surgit comme un moment féerique. Sa magie naît de certains éléments de réemploi (vitraux millésimés Anno domine 1762, piédroits en bois sculptés) et de la mise en œuvre de matériaux assez inhabituels : soubassement en moellons de pierre blanche, allèges de briques posées en épi et corniche ornementée en zinc.

À partir des années 1930, le chaume, bien gaulois, envahit la toiture de nombreuses villas et leur confère un caractère villageois, rassurant et chaud, à mille lieues des turpitudes de la ville.

234 Av. des Aubépines 155, Uccle. v.1960

235 Av. Franklin Roosevelt 49, Bruxelles Extensions. P. Viérin. v.1927.

Blanche-Neige et les sept géants n'auraient pas boudé cette vaste chaumière de l'avenue Franklin Roosevelt. À partir de l'entre-deux-guerres, alors que l'urbanisation bruxelloise s'intensifie, de nombreuses villas régionalistes et pittoresques, en porte-à-faux à la fois avec l'Art Déco et le modernisme, mythifient le monde rural tout en le réactualisant. L'architecture à colombages connaît une nouvelle jeunesse, urbaine cette fois…

236 Av. Moscicki 9, Uccle. v.1939.

Un toit pentu, un large pignon en profil de cloche et une haute cheminée ponctuée d'une ancre ; de la réalité au conte, il n'y a qu'un pas…

« Ils virent qu'elle était faite de pain d'épices et recouverte de gâteaux. Les fenêtres étaient en sucre… »

237 Av. des Ajoncs 11, Woluwe-St-Pierre. François Désiré. 1951.

Dragons et donjons

238 Av. Brugmann 169, Forest. v.1900-1910.

L'angle traité en arrondi se fait bastion d'où pourraient surgir de preux chevaliers. Scandée de bandeaux en pierre blanche, l'élévation prend l'allure d'un ouvrage défensif médiéval.

Cette façade opère un savant mélange, comme seul le permet l'éclectisme, entre architecture néogothique et Art nouveau, perceptible dans les garde-corps en ferronnerie des balcons. Les décrochements des bow-windows, de la haute tour en encorbellement et de la toiture largement débordante lui confèrent une étonnante plasticité.

239 Av. Georges Pètre 16, St-Josse-ten-Noode. Gaston Hayois. 1912.

240 Av. de Laeken 48, Jette. A. Delmez et H. Mancin. 1911.

Coiffée d'une haute flèche, cette simple maison mitoyenne bascule dans le conte. La beauté des fers forgés rivetés renforce la magie de l'élévation. De style Art nouveau tardif, ils suggèrent de manière séparée le monde végétal.

D'autres « châteaux » ? → 270 et 288.

Travailleurs, Travailleuses !

Le logement social et ouvrier constitue dès son origine un problème épineux. Depuis le tournant du XXe siècle, autorités, architectes et urbanistes s'échinent à le résoudre, parfois avec succès, souvent dans l'utopie la plus complète. En suivre l'évolution dans les façades les plus étonnantes permet de déceler suivant quelle idéologie chaque époque a traité sa population défavorisée.

UNE CONSÉQUENCE
DE LA RÉVOLUTION INDUSTRIELLE

Celle-ci entraîne au début du XIXe siècle des changements sociaux considérables. L'industrie, en demande constante de main-d'œuvre, amène beaucoup de paysans à quitter les campagnes pour s'installer près des usines et des manufactures. Conséquence dramatique de cet exode rural : le manque de logements. À l'exception de quelques sites (Grand Hornu, Bois-du-Luc), rien n'est prévu pour héberger cette nouvelle population. En ville, les familles ouvrières s'entassent dans des maisons de rapport étriquées, à raison d'une seule pièce par ménage. Pour faire face à la demande exponentielle, des promoteurs véreux construisent en intérieurs d'îlot des impasses → 305, d'un rendement exceptionnel. Les ouvriers y trouvent une pièce pour loger leur famille… sans égout, sans eau courante et quasiment sans sanitaire! Devant une situation aussi inhumaine et intolérable, autorités et bourgeoisie mettront du temps à réagir. La peur les fera finalement bouger. Peur des épidémies – impasses et maisons de rapport constituent des nids à microbes. Peur de la révolte sociale – des ouvriers groupés et solidaires sont un danger. Peur de l'immoralité – prostitution, banditisme et alcoolisme sont le lot de ces quartiers misérables. Au milieu du XIXe siècle, les discussions s'amorcent. Une idée majeure aura particulièrement la vie dure : des logements décents pour des ouvriers soit, mais seulement pour des ouvriers méritants! Il faudra encore toute la force de persuasion d'hommes comme Louis Bertrand pour voir les choses évoluer. En 1889, sous l'impulsion du ministre Beernaert, une loi est finalement votée pour faciliter l'accès de l'ouvrier à la propriété.

« Sois propre, sois économe, sois actif » Sur cette façade du foyer schaerbeekois, tous les poncifs bourgeois concernant l'ouvrier – sale, dépensier et paresseux – sont réunis. La façade à rue, dessinée par l'architecte Henri Jacobs et assimilable à une suite de maisons mitoyennes, dissimule en réalité des appartements.

241 R. Victor Hugo 55-57, Schaerbeek. Henri Jacobs. 1904.

Couvent ? Non, habitations sociales ! Derrière cette belle enfilade de pignons à gradins, si typique du néogothique, se cachent des appartements étriqués destinés aux ouvriers. La réalité sociale est camouflée par une façade-décor issue d'un autre temps, trop belle pour être vraie. Elle démontre la difficulté qu'eurent les architectes rompus à l'enseignement académique à élaborer un langage pour ce nouveau type d'habitat.

242 R. de la Poudrière 2 à18, Bruxelles. Georges Cochaux. 1898.

Véritable caserne à ouvriers au cœur des Marolles, la Cité Hellemans, du nom de son architecte, est édifiée entre 1906 et 1915 en remplacement d'un réseau serré de taudis et d'impasses malfamées. À l'époque, c'est presque une révolution. Les 252 logements, groupés dans six blocs d'habitations traversés par des rues piétonnes, sont tous dotés d'eau et de gaz. L'hygiène et la lumière, concepts clefs de l'habitat du XIXe siècle, sont enfin actualisés à la mode ouvrière. Chaque famille bénéficie de trois pièces, alors qu'un tiers environ de la population pauvre de Bruxelles doit encore se contenter d'une pièce par ménage. Une buanderie et une crèche commune complètent l'équipement. L'architecte Hellemans, dans la mesure des moyens disponibles, tentera d'agrémenter les sévères constructions sous toiture plate par des jeux de couleurs de briques et des petits détails soignés, comme les appuis à bec, typiques de l'Art nouveau.

243 R. Blaes 174 à 198, Bruxelles. Emile Hellemans. 1906-1915.

PREMIÈRES SOLUTIONS À L'HABITAT SOCIAL

Ces quelques exemples du tournant du XXe siècle, tout critiquables qu'ils soient, ont le mérite de proposer les premières solutions à l'habitat social. Mais, avec le recul et toute l'expérience que nous donne le temps, quelle serait la réponse idéale? Dans un ouvrage de 1977 consacré au logement ouvrier, Marcel Smets pose le problème en ces termes: «Aussi longtemps que l'architecte et l'urbaniste ne pourront pas motiver leur tâche par les aspirations réelles de leur maîtres d'ouvrage véritables, les habitants, et qu'ils ne s'attacheront pas à réaliser autant que possible les conditions de l'élaboration d'une vie en commun, mais continueront hors de la réalité à fournir un milieu idéal selon eux, mais artificiel, il ne pourra être question d'un habitat ou d'un environnement qui fonctionne.»

244 R. Jules Delhaize, Molenbeek. D. Vereecke. v.1904.

À l'époque où Jacobs et Hellemans tentent de régler le problème de l'habitat ouvrier par des constructions plurifamiliales, d'autres expériences sont menées pour donner à chaque famille un foyer complètement indépendant, une véritable petite maison à l'imitation (modeste) de l'habitation bourgeoise. Dans le quartier de la gare de l'Ouest à Molenbeek, les dirigeants de la manufacture Philippen-Coster & Clément firent construire, non loin de l'usine, un groupe de 42 maisons de ce type. Les élévations, identiques, sont individualisées par un sgraffite – technique particulièrement peu coûteuse à l'époque. La naïveté des ins-criptions, le soin accordé au schéma général des habitations dessinées par l'architecte Vereecke en font un des ensembles les plus riants dans l'agglomération bruxelloise.

LES PINSONS

LES COLIBRIS

LES ÉTOILES

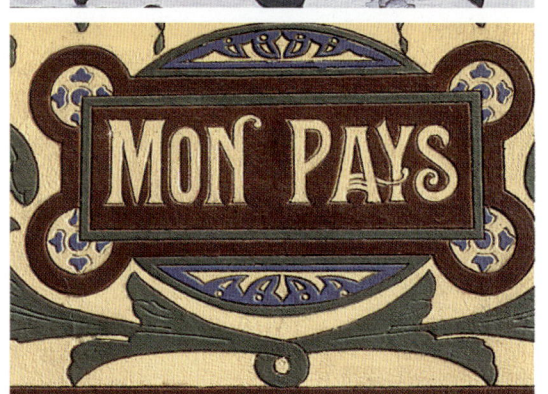

MON PAYS

MON ABRI

L'AURORE

BAGATELLE

LES OISEAUX

245 R. des Genévriers 30, Bruxelles Laeken. Henri Derée. 1922-1926.

Avec l'entre-deux-guerres, l'idée de la cité-jardin commence à faire son chemin, dont l'exemple le plus abouti (et le mieux conservé) est sans conteste le Logis-Floréal à Boitsfort → 266. Partout, en périphérie du centre-ville surpeuplé, des quartiers sortent de terre pour offrir à chaque famille prolétaire un logement décent dans la verdure. Au cours du temps, ces maisons pourront être acquises par les ouvriers eux-mêmes et individualisées. Ici, une petite maison de la Cité Verregat, aux confins de Laeken et de Wemmel, a été rhabillée dans les années 1930 de cimorné → p. 109 se distinguant ainsi de ses voisines jumelles.

Cette maison, de la même époque, fait partie du Transvaal à Auderghem. Dans cette cité, comme dans toutes les autres de l'agglomération bruxelloises qui ne font pas l'objet de prescriptions urbanistiques pour préserver la notion d'ensemble, les façades ont été individualisées par des parements ou des couleurs, donnant à chacun l'occasion d'avoir « sa » façade.

246 Av. François-Elie Van Elderen 50, Auderghem. Verbist. 1921.

247 R. du Tilleul 180-184, Schaerbeek. Roulet. 1922.

Contrairement aux exemples précédents, il s'agit ici d'une maison plurifamiliale, comprenant neuf logements. L'élévation, typique de l'entre-deux-guerres, prend l'aspect d'un gros pavillon bourgeois, unifiée par un traitement imposant des toitures et renforcée par les enfilades monumentales des escaliers extérieurs.

Dans la continuité de la cité Diongre, Armand de Saulnier construisit dans trois rues 99 logements, réunis autour d'un vaste jardin collectif. Les façades à rue, presque campagnardes, masquent l'enchevêtrement des appartements de l'intérieur.

La seconde guerre bouleversera complètement ces calmes cités-jardins et renouvellera radicalement les utopies du logement social. Les immeubles-tours de l'arrière-plan en témoignent en une image presque surréelle...

248 R. Armand De Saulnier, Molenbeek. Armand De Saulnier. 1925-1926.

Un coté presque anglais pour cette cité construite par Joseph Diongre alors architecte attitré de la commune de Molenbeek. Partant d'un même schéma constructif, Diongre joue la carte de l'individualisation de chaque maison dès l'origine en différenciant les couleurs, les parements ou le traitement des balcons. Au-dessus des portes, un petit pictogramme, évoquant un signe zodiacal, un sport, une fable ou un animal, personnalise chaque maison et donne un caractère bon enfant à l'ensemble.

249 R. Joseph Diongre, Molenbeek. Joseph Diongre. 1924-25.

La ville à pignons

Longtemps, l'image de Bruxelles a été confondue avec celle d'une ville à pignons. La Grand-Place, le centre-ville, les béguinages, tous ces quartiers pittoresques ont déteint sur l'urbanisation du XIXᵉ siècle, dans une nostalgie encouragée par la littérature symboliste et les grandes restaurations de cette époque. Le motif formel du pignon, bien ancré dans notre architecture, allait même survivre à cette vague néo-gothique et néo-Renaissance flamande, pour connaître dans l'Art Déco et le style Beaux-Arts ses derniers soubresauts.

250 R. des Grands-Carmes 16-18, Bruxelles. v.1715. Classée 25.06.1992.

Cette magnifique demeure, l'ancien hôtel de Roest d'Alkemade, relève du style en vogue suite à la reconstruction → p. 144. La façade est scandée verticalement de pilastres colossaux qui lui confèrent un aspect vigoureux et typiquement baroque. Horizontalement, des lignes puissantes traversent toute l'élévation comme le larmier continu au-dessus du rez-de-chaussée et la corniche. Le pignon est le lieu d'une ornementation extravagante, dans lequel s'affrontent courbes et contre-courbes sous forme de draperies et de volutes. Tout en haut, des acrotères en vase et en sphère viennent stabiliser l'élévation.

À l'origine, cette maison comporte deux habitations distinctes derrière une même façade, ce dont témoignent encore les deux portes actuelles. Mis en œuvre dans une réalisation d'exception comme celle-ci, ce système constructif est très souvent utilisé durant la reconstruction de Bruxelles. En réunissant deux habitations sous la même toiture et derrière la même façade, on économise temps, matériaux et main-d'œuvre.

De 1633, cette maison est typique de l'habitat traditionnel bruxellois en dur aux XVIe et XVIIe siècles. La façade-pignon en briques est traversée de bandeaux en pierre blanche. Le décor est réduit au minimum. L'influence de la Renaissance se limite à la fenêtre axiale du pignon, traitée en plein cintre et rehaussée de pierre blanche pour la clef et l'arc. Le pignon se décline suivant sa forme la plus élémentaire, à gradins. La toiture est perpendiculaire à la voirie. Pour solidariser la maison avec la façade, on parsème les trumeaux et le pignon d'ancres métalliques.

251 R. Ernest Allard 15, Bruxelles. 1633.

LE BOMBARDEMENT DE 1695 ET LA RECONSTRUCTION

En 1695, alors que la France mène depuis une quarantaine d'années un conflit avec l'Espagne pour l'annexion des Pays-Bas méridionaux, le maréchal de Villeroi, chef des armées de Louis XIV, lance une offensive sur Bruxelles. La ville, et plus particulièrement la Grand-Place, fait l'objet d'un bombardement effrayant. En trois jours, 4000 maisons sont détruites.

En quelques années, la ville se reconstruit. Délaissant le bois, principal matériau de construction d'avant le bombardement, les édiles obligent les Bruxellois à utiliser désormais la brique et la pierre, pour des raisons évidentes de solidité et d'ininflammabilité. Mais qui dit reconstruction ne dit pas changement radical de la physionomie de la ville. Le parcellaire ancien, long et étroit, est conservé ainsi que le mode traditionnel de concevoir la maison, en long, c'est-à-dire avec façade-pignon et toiture perpendiculaire à la voirie. Les matériaux mis en œuvre (brique, pierre blanche et bleue) confèrent à la ville une joyeuse polychromie. À l'époque, il n'est pas rare également de voir des maisons entièrement chaulées (c'est le cas notamment du → 267). Cette période de reconstruction marque le temps d'une grande fantaisie dans les façades privées, pour la plupart monumentalisées avec des pilastres.

252 R. Haute 182, Bruxelles. XVIIe s - XVIIIe s.

Peu de façades du centre-ville sont arrivées telles quelles jusqu'à nous. Au cours des siècles, elles ont été adaptées, témoignant ainsi de la vitalité de chaque époque à s'approprier la ville ancienne. Cette maison était vraisemblablement sommée à l'origine (XVIIe siècle) d'un pignon à gradins. Au début du XVIIIe siècle, le pignon est rhabillé suivant le goût riant du baroque en un jeu de volutes et de courbes propres à ce style. Il est en outre animé de cordons en saillie. L'encadrement de la porte date de cette époque et répond par ses formes massives au pignon nouvellement recréé. Au XIXe siècle, la façade est « rationalisée » : les baies des étages, anciennement à croisée, sont standardisées et l'élévation est blanchie.

Un autre rhabillage de ce genre ? → 87.

Construite au lendemain du bombardement, cette maison est, elle aussi, typique de l'esthétique de la reconstruction. Coiffée d'un imposant pignon affectant la forme d'un fronton, la façade est scandée de pilastres monumentaux en une vague réminiscence des ordres antiques. Le décor est typiquement baroque. Dans le tympan du pignon, des divinités marines flanquent le grand cartouche central à volutes. Le rez-de-chaussée a été fortement transformé en 1847 par l'architecte J. P. Cluysenaar pour servir d'entrée à la galerie Bortier.

253 R. de la Madeleine 55, Bruxelles. Fin XVIIe s. Transfo. galerie 1847-48. Classée 26.09.1996.

La toiture perpendiculaire et la toiture parallèle

Une grande différence constructive sépare les maisons de l'Ancien Régime et celles des XIXᵉ et XXᵉ siècles. Durant des siècles, on privilégie la toiture perpendiculaire à la rue. Les murs porteurs de la maison sont les murs mitoyens. La façade est un élément rapporté, bouchant le reste de la maison et solidarisée par des ancres et des tenants métallique. Ce système, quoique adopté durant des siècles, présente quelques inconvénients : infiltrations des eaux de pluie dans les murs mitoyens et charpente nécessitant des quantités de bois trop importantes. Au XIXᵉ siècle, sous l'impulsion du néo-classicisme, on l'abandonnera pour des toitures parallèles à la rue. Désormais, les murs porteurs sont les façades avant et arrière. Ce changement constructif a une incidence sur l'esthétique de la maison. La façade ne présente plus ce profil aigu dû au pignon. Elle est tout en horizontalité. À la fin du XIXᵉ siècle, suite à la résurgence des styles du passé – néogothique et néo-Renaissance flamande –, on revient à l'idée du pignon tout en maintenant le système constructif moderne. Les pignons des XIXᵉ et XXᵉ siècles sont en fait des lucarnes-pignons, plaquées devant la bâtière.

De façon générale, les quartiers de la « première couronne » bruxelloise sont jalonnés de constructions, modestes ou plus cossues, de style néogothique ou néo-Renaissance flamande, qui donnent corps au grand élan nostalgique et nationaliste de la fin du XIXᵉ siècle. Avec ses tympans décorés de stucs figurant des putti et des mascarons, cette modeste façade de Saint-Josse, édifiée en 1892, se souvient des influences italiennes qui apparaissent au cours du XVIᵉ siècle dans l'architecture gothique flamande.

Pour amplifier le contraste des matériaux, cher à l'architecture gothique, l'architecte de cette maison de 1875 n'a pas hésité à peindre les briques… en couleur brique. Une technique très utilisée au XIX ᵉ siècle.

254 R. des Deux Tours 111, St-Josse-ten-Noode. F. Sanders, entr. 1892.

255 R. du Cornet 40, Etterbeek. 1875.

Avenue Brugmann, ces deux maisons jumelées explorent elles aussi avec un brio tout archéologique l'architecture gothique.

257 Av. Brugmann 75 et 77, Forest. 1896.

256 R. Emmanuel Hiel 35 et 37, Schaerbeek.
Frans van Ophem. 1890.

En 1890, l'architecte Frans Van Ophem → 107 se lance dans un hymne à la gloire de l'architecture ancienne de son pays. Pour amplifier sa composition néogothique, il dessina deux maisons jumelées jouant sur une savante asymétrie.

258 Pl. de la Vaillance, Anderlecht.

LA GRAND-PLACE : LA RÉFÉRENCE

Bruxelles est une agglomération de communes indépendantes. La plupart des faubourgs, en plein expansion au cours du XIX⁰ siècle, voudront reprendre à leur compte l'idée d'une Grand-Place à l'image de celles de jadis. L'anachronisme va bon train, faisant de ces places des revivals du grand passé flamand et particulièrement du XVI⁰ siècle.

Suite à un concours de façades lancé en 1897, les maisons de la place Colignon à Schaerbeek sont édifiées en style néo-Renaissance flamande pour répondre à l'hôtel communal. Unifiées par un beau rythme de toits et de pignons, la plupart des maisons ont été dessinées par un tandem d'architectes, Henri Van Massenhove et Guillaume Löw.

À Anderlecht, la place de la Vaillance est conçue comme une mise en scène de l'antique église Saint-Pierre. À part une maison du début du XVIII⁰ siècle, les constructions datent des années 1910 et 1920 (architectes Vermeulen, L. De Decker, J. Parys et Flamant). Dans cette continuité, Woluwe-Saint-Lambert allait aussi s'offrir, entre 1905 et 1914, sa place à pignons, le parvis Saint-Henri.

259 Pl. Colignon, Schaerbeek.

260 Pl. de l'Église 15, Berchem-Ste-Agathe.
V. Kerremans. 1867. Sauvegarde 29.03.2001.

À Berchem-Sainte-Agathe, sur la place de l'église, s'élève la maison des Brasseurs Van der Driech. Édifiée en 1867, elle relève elle aussi du style néo-Renaissance flamande. Timbrant le pignon à gradins, un médaillon porte les armes des brasseurs, sur le mode des anciennes maisons de corporation.

«Pignons dont les gradins sont aussi des marches pour ascensionner dans le rêve.»

G. RODENBACH, LE CARILLONNEUR, PARIS, 1897, P. 95.

ENTRE MYTHE ET MYSTICISME : LA VILLE FLAMANDE AU XIXE SIÈCLE

« Ici tout est sourdines et nuances. Architecture historiée, façades comme des reliquaires, pignons à gradins, portes et fenêtres trilobées, pinacles couronnés d'épi, moulures, gargouilles, bas-reliefs – incessantes surprises faisant de la ville comme un multiple paysage de pierre. » G. RODENBACH, LE CARILLONNEUR, PARIS, 1897.

En cette fin du XIXe siècle, une mélancolie traverse les lettres belges. L'amour du passé se focalise sur la ville ancienne, faite de rues tortueuses, d'antiques maisons à pignons, de couleurs fanées et de bruits de carillons et de cloches. Au travers de ces vieilles cités flamandes, poètes et écrivains symbolistes inventent un imaginaire urbain quasi mystique, partie intégrante de leur drame. Bruges-la-Morte de Georges Rodenbach, Les Villes à pignons d'Émile Verhaeren, toutes ces œuvres plus atmosphériques que descriptives, instaurent un climat de nostalgie, voire de mort, qui sera notamment relayé en peinture par Fernand Khnopff ou Xavier Mellery et qui contribuent indubitablement à encourager certains architectes dans leurs recherches historiques. Parmi ces œuvres littéraires, Le carillonneur de Georges Rodenbach pose de manière à la fois réfléchie, romancée et sensible la question du patrimoine et de son sens.

Fin XIXe siècle, l'architecte De Wulf restaure en profondeur le local de la Guilde des Métiers à Bruges, dont la façade sera publiée dans L'Émulation en 1894. Édifiée quelques années plus tard, en 1908, cette élévation de style néo-Renaissance flamande est pratiquement la copie de cette ancienne façade brugeoise.

261 R. Jenatzy 25, Schaerbeek. P. Picquet. 1908.

262 Av. Richard Neybergh 164, Bruxelles Laeken. v.1920

263 Av. Brunard 50, Uccle. 1914.

Certaines maisons de style Beaux-Arts ont elles aussi exploité l'idée du pignon de manière quasiment hérétique – le Beaux-Arts relevant surtout de l'architecture française → p. 27. Il y a quelque chose de délicieux dans ce mélange de styles a priori complètement opposés. À Uccle, une façade revisite le pignon en forme de cloche typiquement baroque, tandis qu'à Laeken, cette élévation se voit couronnée par un fronton-pignon sommé d'un vase et percé d'une lucarne en œil-de-bœuf.

À Bruxelles, l'Art Déco réussira à traduire dans ses formes le pignon en le géométrisant complètement. De forme pentagonale, ce pignon répond à la stylisation géométrique de l'œil-de-bœuf au-dessus de la porte. À noter, les merveilleux vitraux qui ornent cette maison actuellement occupée par un maître-verrier.

264 Av. des Gloires nationales 2, Ganshoren. René Doom. 1924.

Sous l'influence du style « Paquebot » → p. 36, le pignon est encore usité. Mais la référence n'est plus à trouver dans l'architecture flamande du passé, mais bien dans l'évocation des éléments constitutifs des bateaux, comme dans cette toute petite façade d'Evere, amplifiée par une lucarne-pignon percée d'un « hublot ».

265 Av. Jules Bordet 128, Evere. Albert Devos. 1939.

À Watermael-Boitsfort, la cité-jardin du Logis-Floréal offre une architecture à plusieurs visages. Le Floréal, qui se distingue du Logis par ses boiseries peintes en jaune, semble se souvenir subtilement des béguinages flamands. Délaissant les formes modernistes, l'urbaniste Louis Van der Swaelmen, aidé par les architectes Lucien François et Jean-Jules Eggericx, surent créer dans ces habitations destinées à des ménages modestes un sens d'appartenance collective par cet urbanisme marqué par l'héritage de villes anciennes.

266 Floréal, Watermael-Boitsfort. A partir de 1926. Classé 15.02.2001.

Sous tous les angles

La réalisation d'une construction d'angle est une gageure à la fois urbanistique et architecturale. Chef de file, elle doit imprimer le caractère de tout un ensemble urbain. Complexe, elle nécessite un savoir-faire constructif : créer, lier et harmoniser deux façades n'est pas chose aisée.

Cependant, beaucoup de réalisations démontrent à quel point ces contraintes, loin de grever les projets, les ont souvent rendus plus originaux et plus inventifs. À tel point que ces ingrates parcelles furent parmi les plus prisées et les plus chères…

À l'angle de la rue Marché aux Fromages, une vieille maison de la fin du XVIIe siècle, dénommée « Le chat », envisage l'angle comme la juxtaposition de deux façades différentes qui concourent avant tout à l'alignement de « leur » rue plutôt que de former un ensemble en soi. La façade principale, plus étroite, est couronnée par un imposant pignon de deux niveaux flanqué de deux volutes. La façade latérale, plus classique, est sommée d'un élégant fronton « à l'antique ».
Les pilastres colossaux, typiques de la reconstruction → p. 144 donne au volume plasticité et monumentalité.

Un traitement d'angle néoclassique ?
→ 20 et 21.

267 R. des Éperonniers 43, Bruxelles. 1697. Classée 11.09.1992.

Toujours à Saint-Gilles, à un jet de pierre de la fameuse prison néo-Tudor, cette façade revisite tout le vocabulaire médiéval, du roman au gothique tardif. La travée d'angle, traitée comme une tour carrée, était autrefois surmontée d'une toiture pyramidale. Une petite logette la devance, qui semble naître de la chaîne en pierre blanche de l'angle. Avec les styles éclectiques, historicistes et les influences de l'Art nouveau, des maisons de coin de plus en plus originales voient le jour en cette fin du XIXe siècle. Pour les parcelles d'angle, contrairement aux maisons mitoyennes, aucune solution ne semble jamais acquise a priori…

268 Av. Ducpétiaux 90, St-Gilles. Valère Dumortier. 1895.

Profondément éclectique, la maison personnelle de l'architecte William De Fontaine fait cohabiter avec brio le style néo-Renaissance flamande (fenêtres à croisées) et des éléments Art nouveau (porte, consoles métalliques soutenant la corniche, sgraffites). En plein Saint-Gilles, cette maison d'angle, privée par essence d'un jardin en intérieur d'îlot, réussit à se faire une place au soleil. Hédoniste, une grande terrasse domine avec élégance le carrefour.

269 R. Maurice Wilmotte 28, St-Gilles. William De Fontaine. 1902.

Un château de la Loire à Schaerbeek… Imposant et monumental aux niveaux inférieurs, cet immeuble se déchiquette en pignons, pinacles, balustrades, lucarnes et tourelles… Sur une parcelle légèrement concave, il se présente comme une invitation à entrer dans l'avenue Louis Bertrand. Dans un souci urbanistique, il répond à une construction identique sur l'autre coin.

270 Av. Louis Bertrand 2, Schaerbeek. Oscar Lauwers. 1909.

Pour se manifester, les constructions d'angle ont parfois recours à des toitures démentielles et purement gratuites. Cette élévation est monumentalisée par des tourelles montant de fond, coiffées de toitures galbées en cuivre. L'angle se signale par ces deux balises géantes qui annoncent à la fois les rues latérales tout en déterminant la façade principale.

271 Av. Louis Bertrand 50, Schaerbeek. Dominique Fastré et fils. v. 1910.

272 Av. Guillaume Macau 4, Ixelles. v.1910.

Ici, les rondeurs conviennent particulièrement bien aux angles, permettant de passer d'une façade à l'autre en douceur. Sur plan arrondi, cet immeuble se signale en outre par un clocheton fragile, petit périscope sur une imposante masse en pierre blanche.

273 Av. Montjoie 58, Uccle. A. Clibert. 1906.

À l'angle des avenues Montjoie et de la Floride, une maison de style néo-Renaissance flamande (tourelle, fenêtres en anse de panier) propose un angle en creux entre deux façades sommées de pignons à gradins. Un escalier monumental s'insère dans la brèche et conduit à la terrasse, comme un temps de repos entre l'espace public et la maison.

Le Tonneau, voilà une appellation populaire bien pertinente pour cet immeuble moderniste. Caractéristique de la mouvance « paquebot » des années 1930, l'immeuble s'apparente à une grosse cheminée de navire, impression renforcée par le décor et le couronnement de la travée axiale. Mais par-delà l'aspect anecdotique de l'ornement, la forme est radicale : à parcelle ronde, immeuble rond.

274 Av. Gl De Gaulle 51, Ixelles.
Stanislas Jasinski et Jean-Florian Collin. 1939.

MODERNISME AUX ANGLES

Les modernistes et les tenants de l'Art Déco ne sont pas en reste face à leurs aînés, poussant plus loin encore le lyrisme et la poésie des bâtiments d'angle. En outre, ces constructions bénéficient, par rapport aux maisons mitoyennes, d'un métrage plus élevé par niveau et d'un éclairage accru du fait des multiples façades. Revers de la médaille: l'absence de jardin. Toutes les conditions sont réunies pour voir fleurir sur ces parcelles de vastes immeubles à appartements.

Sur la très bourgeoise avenue Brugmann, un immeuble de style moderniste, presque machiniste. L'élévation a reçu un double traitement. L'angle, courbe, a des airs de fer à repasser tandis que les travées qui le flanquent à gauche relèvent d'un Art Déco tout sage, marquées par des oriels polygonaux. La dimension urbanistique de cette construction est renforcée par un autre immeuble quasi identique et situé en face de celui-ci.

275 Av. Brugmann 30, St-Gilles.
Lesec et Quoilin. 1937.

Dans cet immeuble de style Art Déco, l'architecte Antoine Courtens a matérialisé l'idée de la pierre angulaire en coiffant la travée d'angle d'une vaste coupole aveugle posée sur deux niveaux en étoile. La structure, lisible et monumentale, encadre un dessin sophistiqué fourmillant de décrochements et d'articulations.

276 Bd Gl Jacques 2, Ixelles. Antoine Courtens. 1928. Classée 08.08.1988.

277 R. Robert Thoreau 1, Woluwe-St-Pierre. L. Janss. 1933.

Un étrange mélange de conte et de rationalisme. Il y a un peu de la chaumière de Blanche Neige : un escalier accueillant qui monte, qui monte, une toiture imposante. Il y a aussi, dans l'arrondi pur et dur de l'angle, traité à la manière d'une pompe à essence, toute la fascination des années 1930 pour le monde de l'automobile et de la vitesse… C'est ici la porte de garage qui est en point de mire de l'angle.

À Etterbeek, une imbrication de volumes et d'ouvertures égaye cette maison d'angle de style moderniste. Une terrasse et un toit plat couronnent l'élévation. Sur la façade gauche, un crescendo de fenêtres montent à la logette.

278 Av. Nouvelle 84, Etterbeek. Vital Coppé. 1931.

Toutes voiles dehors ! Cet immeuble réjouit une place d'Evere de ses couleurs ocre et de ses lignes souples, déployées de part et d'autre de l'arcade monumentale qui assied l'angle.

279 Av. Henri Conscience 143, Evere. v. 1930.

D'autres maisons d'angle ? → 116, 117, 130, 238.

Copier—coller

On les voit souvent ces maisons jumelles, ces copies conformes accolées l'une à l'autre, allant par paire ou envahissant jusqu'à une rue entière. Bâtir plusieurs parcelles conjointes, utiliser un schéma constructif identique par souci d'économie donne lieu à des performances architecturales extrêmement attrayantes. Plus que bonnes voisines, ces façades partagent quelquefois une même corniche, un même toit et un même dessin. Certaines vont jusqu'à se donner des airs de châteaux. À côté des jumelles contiguës, on rencontre des jumelles géographiquement éloignées, de fausses jumelles ou d'autres encore qui ne sont plus deux mais quatre, six ou dix !

280 R. de l'Enseignement 18 et 20, Bruxelles. Antoine Mennessier. 1876.

Pour monter plus haut, gardez le rythme et rassemblez vos forces ! Ces deux façades étroites, des jumelles néoclassiques, s'offrent cinq niveaux d'élévation. Au troisième étage, l'élan vertical des deux façades est stoppé par une ligne horizontale formée de quatre balconnets ronds. La partie haute, généralement plus négligée, reçoit ici un traitement inédit qui relance le rythme tout en stabilisant horizontalement les élévations.

281 Av. de la Liberté 10 et 12, Koekelberg. 1882

L'avenue de la Liberté est lotie en 1882 d'une quinzaine de maisons. La Compagnie de l'Ouest de Bruxelles, entreprise de promotion immobilière, choisit d'édifier des maisons jumelées pour des raisons évidentes de standing plutôt que de construire, comme dans la plupart des autres faubourgs, de longues enfilades néoclassiques de maisons identiques. Un schéma de construction en miroir, une même toiture, deux cheminées accolées, confirment le refus de toute mitoyenneté, en leur conférant un air de pavillon de campagne.

282 Av. de la Liberté 34 et 36, Koekelberg. 1882.

Contrairement à leurs voisines de rue, ces autres jumelles néoclassiques, édifiées par la même compagnie, acceptent la mitoyenneté. Leur rythmique commune est tout à la fois équilibrée et sophistiquée. Unifiées par un schéma en miroir bien délimité par les portes cochères des extrémités, elles forment chacune une unité propre grâce à la centralisation créée par le balcon et l'imposante lucarne.

283 R. du Magistrat 39 et 41, Ixelles. Albert Jeannin. 1904.

Les jumelles

Ces deux façades mâtinées d'Art nouveau s'accordent sur le partage d'un même dessin. La duplication, associant deux largeurs assez médiocres, équilibre leur hauteur démesurée. Chaque façade s'organise monumentalement autour d'une travée unique, jouant d'un décrochement en logette au premier étage. La subtilité réside aussi dans un décor fouillé et délicat qui, du fait du parement en pierre blanche, apparaît comme dessiné plus que réellement sculpté.

Celles-ci ne sont pas des jumelles ! En 1904, les immeubles de rapport sont encore rares à Bruxelles. Celui-ci prend les allures de deux maisons bourgeoises jumelées. Les deux travées latérales s'organisent chacune comme une maison individuelle. Le rythme ternaire est à l'honneur, chaque niveau étant percé d'un triplet ou d'une baie à châssis tripartite.

284 R. Ernest Discailles 9, Schaerbeek. F. Van Boelen. 1904.

Avec un air ottoman cousu de fil blanc, ces jumelles rêvent de sérails et de palais d'Orient. La fantaisie la plus totale – marguerites de faïence, oriels couronnés chacun d'un bulbe – prend des dimensions impressionnantes grâce à ce jumelage enchanteur.

285 R. Jenatzy 13 et 15, Schaerbeek. v. 1905.

Pour bénéficier du faste d'une façade plus grande et plus impressionnante, ces deux voisines sont réunies en un même pignon central. Leur composition commune exclut l'autonomie. Peut-on imaginer que ces maisons individuelles possèdent chacune une des deux baies géminées au sommet du pignon ? Ces deux habitations habilement mêlées se donnent l'image d'un vaste hôtel de maître digne des plus beaux récits romantiques.

286 Av. de l'Hippodrome 24 et 26, Ixelles. v. 1905.

Hautes, dupliquées et isolées, ces deux maisons, ouvertes à chaque niveau par un balcon, appellent l'air, la vue et la lumière. Les garde-corps en bois Art nouveau font écho aux courbures de la nature environnante. Ces demeures, rustiques, aux toits débordants, ont le charme et la naïveté d'un dessin d'enfant. Elles ont été conçues par un peintre, William Jelley, qui dessina aussi les numéros 11, 13 et 15 de la même rue.

287 Av. des Taillis 7 et 9, Watermael-Boitsfort. William Jelley. 1899.

Des allures de château pour ces deux maisons de Woluwe-St-Pierre, habillées de tourelles et implantées dans un écrin de verdure.

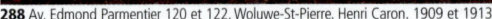

288 Av. Edmond Parmentier 120 et 122, Woluwe-St-Pierre. Henri Caron. 1909 et 1913.

La construction de parcelles jumelées est toujours d'actualité. En 1999, ces jumelles uccloises sortent de terre. Les deux volumes cubiques sont rassemblés par un espace vitré servant de hall d'entrée commun; une transcription puriste jouant sur des principes de transparence et d'opacité.

289 Av. Jacques Pastur 98 et 100, Uccle. C.E.P. sa. 1999.

Ernest Blérot,
des jumelles dans tous leurs états

ERNEST BLÉROT (1870-1957)

Plus que tout autre architecte, Ernest Blérot joue un rôle primordial dans la popularisation de l'Art nouveau à Bruxelles en édifiant des quartiers entiers et en accentuant le caractère décoratif propre à ce style. Le quartier des Étangs et celui de Saint-Boniface à Ixelles, la rue Vanderschrick à Saint-Gilles sont autant de lieux fabuleux où Blérot a su marier imagination et sens des réalités pour faire de la petite habitation mitoyenne une véritable maison de conte de fées.

La rue Belle-Vue, comme la rue Vanderschrick ou la rue Solvay, a été édifiée en grande partie par Blérot. Il y a bâti de cinq à dix-sept parcelles suivant les cas. Ces façades ne sont pas à proprement parler les œuvres d'une production en série, mais jouent plutôt de variations sur un même thème : logette en bois, vitraux, sgraffites, fers forgés. Blérot réalisa sans doute les façades les plus enjôleuses de Bruxelles.

290 R. Belle-Vue 42, 44 et 46, Bruxelles extensions. Ernest Blérot. 1898.

291 R. Belle-Vue 30 et 32, Bruxelles extensions. Ernest Blérot. 1898.

293 R. Darwin 17, Forest. Ernest Blérot. 1902. Classée 09.10.1997.

Loin des yeux mais pas du cœur… Même si ces deux maisons sont séparées par quelques kilomètres, l'une est le double de l'autre. Ces copies conformes souhaitaient-elles, par leur environnement différent, faire oublier la copie ? Ou leur père-architecte cherchait-il à s'assurer qu'on se souvienne de lui et de son style ? … Mystère. En tous cas, Blérot nous donne la berlue …

292 Pl. Louis Morichar 41, St-Gilles. Ernest Blérot. 1900.

Ernest Blérot réalise à travers ces deux demeures la parfaite version Art nouveau du jumelage. La corniche unique et les bandeaux de pierre bleue signalent le regroupement des deux constructions et renforcent la perception d'un seul volume. Par ailleurs, la lucarne de réminiscence gothique ainsi que le traitement des fenêtres, des balcons et de la logette, plaident la dissymétrie. En refusant le schéma classique en miroir, ces jumelles deviennent encore plus fusionnelles.

294 Av. Gl de Gaulle 38 et 39, Ixelles.
Ernest Blérot. 1902.

La loi des séries

Dans le cas de programmes plus modestes, on verra souvent la promotion immobilière s'emparer, non pas de deux parcelles, mais de lots de quatre, huit ou seize habitations. Tout en découlant d'un schéma de construction identique, ces maisons s'individualisent souvent de petites variations. → 242 à 249.

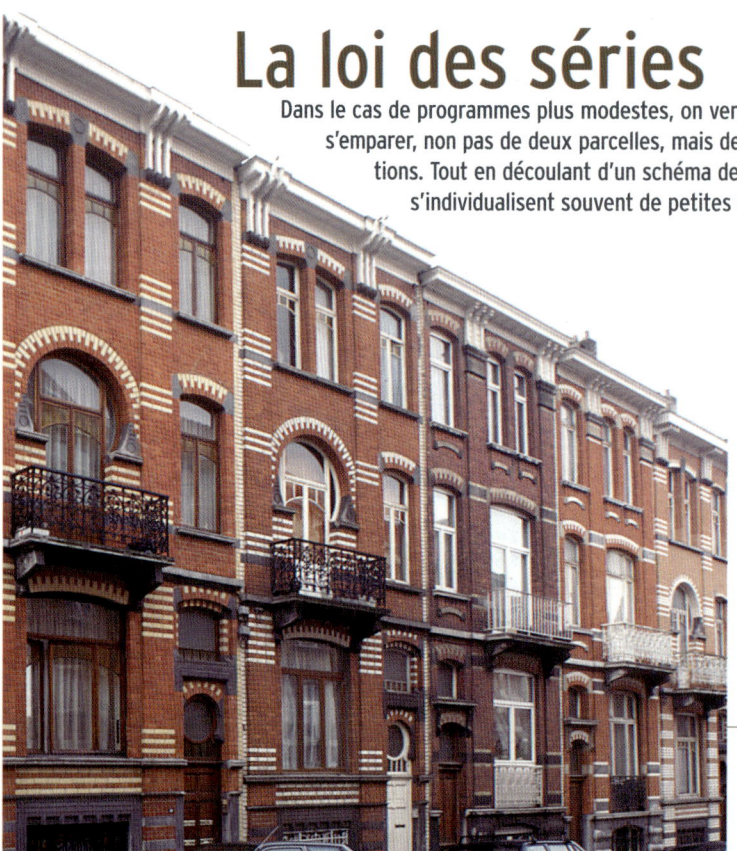

295 R. Gl Capiaumont 11 à 23, Etterbeek. Henri Wellens. 1908.

Sept maisons d'Etterbeek, procédant aussi de l'Art nouveau, déclinent leur identité commune avec toutes sortes de variantes. De la couleur d'un châssis à la forme d'une baie, un infime détail suffit parfois à les différencier.

R. du Greffe à Anderlecht, un ensemble de quatre maisons ouvrières partagent un même gabarit et un esprit similaire. Ces unifamiliales se différencient par le traitement des corniches, des gratte-pieds ou de la ferronnerie, par des médaillons décoratifs ou encore par le dessin des portes. Même dans des typologies modestes, l'Art nouveau prône la variation du décor.

296 R. du Greffe 26 à 32, Anderlecht. E. Fouarge. 1899.

Ces deux façades font partie d'un lot de cinq habitations construites en 1926. L'Art Déco se devine dans les éléments singularisant les façades, tels la forme et l'ornementation du porche d'entrée ou de la porte du jardinet. Ces formes géométriques simples et leurs contrastes or et noir introduisent des variations dans ces constructions en série.

297 Av. du Castel 19 et 21, Woluwe-St-Lambert. R. Lambin. 1926.

Les Inattendues, les Anachroniques, les Ravissantes Oubliées...

Des façades qui choquent, qui tranchent et se différencient de leur milieu ambiant. Certaines, qu'on a négligé de détruire, continuent, déconcertantes, à témoigner envers et contre tout d'un état ancien de la ville. D'autres au contraire paraissent trop modernes, qui remettent en question l'harmonie traditionnelle des lieux. D'autres encore étonnent par leur proportions minuscules dans un parcellaire très homogène. D'autres enfin parlent dans la grisaille bruxelloise d'une envie d'ailleurs. Impromptues et déconcertantes, toutes ces façades sont là où on ne les attend pas...

L'Hof ter Musschen est certainement l'exemple le plus frappant de la confrontation du passé et du présent. Improbable, surréaliste, la ferme en carré, dont la plupart des bâtiments remontent au XVIIIᵉ siècle, est cernée de constructions urbaines en tout genre : immeubles à appartements, sièges de grandes compagnies, hôpital et université. Elle s'efface aujourd'hui devant ces géants qui encerclent et rognent son antique puissance.

298 Drève de l'Hof ter Musschen, Woluwe-St-Lambert.
XVᵉ s. (origine), v.1740 (corps de logis, grange, étables et écuries) et fin XIXᵉ (porcherie). Classée 08.08.1988.

299 Av. Louise 455, Bruxelles Extensions. S. Mayné. 1926.

Opulentes et imposantes jadis, les anciennes maisons de maître de l'avenue Louise ont subi de plein fouet le changement d'échelle de la ville. De manière surréaliste, cette « petite » maison de style Beaux-Arts tient bon parmi les géants qui la flanquent.

Cette façade a voyagé. Jusqu'en 1929, elle se trouvait rue de l'Étuve. Démontée, elle fut reconstruite près de l'église Saint-Nicolas. Sur le mode d'une maison de poupée, son élévation est très soignée. Elle frappe d'abord par sa polychromie riante, typique des matériaux utilisé après le bombardement de Bruxelles en 1695 → p. 144 : socle et bandeaux en pierre blanche, briques et pierre bleue. Elle étonne par ses proportions minuscules en contraste avec le traitement baroque et grandiloquent des encadrements des baies.

Sur cette charmante maison de la rue de Rollebeek, elle aussi du XVIIe siècle, plane l'ombre de la méchante tour de 26 étages qui remplaça la Maison du Peuple de Victor Horta, détruite en 1965.

300 Petite rue au Beurre 17, Bruxelles. Fin XVIIe s. Classée 20.09.2001.

301 R. de Rollebeek 7, Bruxelles. XVIIe s. Restaurée en 1961. Classée 31.01.2002.

Les jours anciens

À Bruxelles, l'état ancien de la ville peut surgir n'importe où, comme échappé miraculeusement aux destructions dont la capitale n'a cessé d'être l'objet. Le temps d'une ou deux maisons, nous voilà plongés dans la nostalgie des jours d'autrefois.

À Boitsfort, une double maison, à situer vers la moitié du XIXe siècle, rappelle la vie campagnarde des temps anciens. L'élévation, minuscule, est en briques. À noter que les linteaux ne sont pas en pierre, mais encore en bois.

302 R. du Grand Veneur 13-15, Watermael-Boitsfort. v.1850-1874.

303 R. Montagne-St-Job 83 à 91, Uccle. v.1850.

Uccle demeure l'une des communes bruxelloises à avoir le mieux conservé son caractère rural. Sur la Montagne Saint-Job, quatre maisons, en retrait par rapport à la voirie actuelle, se souviennent de l'ancien hameau de Carloo, avec leurs murs de briques blanchis à la chaux. Les gabarits sont petits, ces habitations ne possédant qu'un rez-de-chaussée et un demi-étage en entablement.

En plein quartier européen, un ensemble de quatre maisons, cachées dans une ruelle dérobée à l'agitation générale, nous projette dans un Bruxelles décliné au passé. Crasseuses et misérables, les impasses → 133 sont détruites en masse à la fin du XIXe siècle. Avec le temps, elles ont changé de statut. Aujourd'hui très prisées, elles sont les creusets d'un nouvel art de vivre en ville.

304 Chemin des Silex 9, Watermael-Boitsfort. N°7 v.1875-1899 et n°9 v.1900-1918.

Aux confins du parc Tournay-Solvay et des étangs de Boitsfort, une ancienne laiterie évoque de manière parfaitement anachronique le but de promenade dominicale des citadins en cette fin du XIXe siècle.

305 Impasse du Pré 3, Etterbeek. v.1850.

Les pitchounettes

Dans les exemples cités ci-dessus, on est frappé de voir à quel point l'échelle de la ville s'est modifiée au cours du temps, depuis l'habitat minuscule de jadis jusqu'aux immeubles-tours apparus dans les années 1950.

Cependant certains architectes ont fait le choix de la petitesse, par défi ou par faute de moyens mis à leur disposition. L'exemple le plus frappant, c'est évidemment la maison Saint-Cyr → 382. Mais c'est loin d'être le seul...

Sur une parcelle étroite, l'architecte Delville a fait le pari de la lumière en créant une maison « trois façades » quitte à réduire l'espace intérieur. Il en résulte un bâtiment d'une virtuosité moderniste sans égal – blancheur générale, jeu de terrasse et de pergola, arrondi « paquebot » – où rien ne manque, pas même le garage.

Alors que la parcelle dépasse à peine quatre mètres de large, cette petite façade est parée comme une grande, avec sa logette surplombant la minuscule porte d'entrée et son mini balcon en travée principale. Les larges fenêtres cintrées du soubassement et du premier étage donnent même une certaine monumentalité à la composition. L'entrepreneur Cuvelier, qui signe les plans en 1905, reproduit ce même schéma dans d'autres maisons de la rue.

306 R. Édith Cavell 119, Uccle. Raphaël Delville. 1933

307 R. de Linthout 123, Woluwe-St-Lambert. Cuvelier, entr. 1905.

Pour pallier l'extrême petitesse de cette parcelle d'angle résiduelle, large d'1m 30 (!), l'architecte Henri Jacobs → p. 61 n'a pas hésité à gonfler la composition de cette maison de rapport Art nouveau, avec commerces au rez-de-chaussée. Les étages sont traités en encorbellement, permettant ainsi de gagner 45 cm d'espace intérieur. La toiture affecte la forme d'une carène renversée, percée de trois coquettes lucarnes. Les lignes en coup de fouet des consoles soutenant les étages, les encadrements des lucarnes et l'épi de faîtage témoignent d'une grande attention aux détails, exceptionnelle pour cette typologie.

308 R. Verwée 26, Schaerbeek. Henri Jacobs. 1904.

309 Av. Edmond Parmentier 161, Woluwe-St-Pierre. Blondel architectes. 1996.

Elle ne manque pourtant ni de classe, ni d'élégance. Et pourtant que de débats suscités lors de sa construction ! Le point sensible : ses matériaux. Du cèdre gris-clair et du verre sablé détrônant la sacro-sainte brique à la belge… Pour le meilleur, nous semble-t-il.

Dans le quartier du Châtelain à Ixelles, essentiellement marqué par l'architecture de la fin du XIXᵉ siècle, deux maisons modernistes, dans la perspective de la rue Américaine, semblent narguer de leur formes géométriques et blanches et de leurs toits-terrasses les maisons traditionnelles environnantes.

311 R. Washington 90 et 92, Ixelles. 1929.

Branle-bas de combat !

Lors de leur construction, certaines maisons ont provoqué un tollé général. Trop en avance par leurs formes ou leurs matériaux, en rupture avec les contraintes urbanistiques en vigueur, elles semblaient briser l'harmonie du quartier dans lequel elles s'implantaient. Certains architectes n'en ont été que plus attentifs et ont réussi le pari de la nouveauté et de l'intégration.

310 R. des Épicéas 41, Watermael-Boitsfort. Marc Corbiau. 1996.

Cette maison ne manque pas de grandeur, avec sa colonnade monumentale stylisée et ses couleurs sobres. Pourtant, l'accouchement a été pénible. La rue est lotie de petites maisons ouvrières du début du XXᵉ siècle. Au départ, pour respecter cette situation historique, le projet inscrivait la maison en fond de parcelle, invisible depuis la rue ; implantation refusée par les voisins, gênés de voir la future construction de leurs jardins. La toiture était prévue plate et en zinc : elle est en croupe aujourd'hui, du fait des prescriptions urbanistiques bruxelloises. Ces difficultés à faire accepter un projet contemporain, de la part du public comme des autorités, n'est pas un cas isolé. De nombreux architectes déplorent aujourd'hui le peu de liberté qui leur est accordée et le divorce semble souvent consommé entre les communes, la Région et les architectes. Pourtant, l'envie d'une ville belle et agréable est commune…

Bruxelles capitale du monde

Le cosmopolitisme à Bruxelles n'est pas seulement affaire d'habitants, mais aussi de façades. Certaines parlent d'une envie d'ailleurs, de Chine, de Suisse ou d'Italie...

Exaltée par une femme en buste qui regarde au loin, cette maison s'appelle Venise et c'est déjà tout un programme... Elle est l'une des plus anciennes de la capitale à rêver d'exotisme et à proposer un tour du monde. Sur de naïfs médaillons figurent l'Asie opulente et l'Amérique guerrière, l'une chargée de fruits et d'un perroquet, l'autre coiffée de plumes et armée d'un arc et d'un carquois.

312 R. de la Madeleine 61, Bruxelles. Début XVIIIe s.

313 R. Antoine Depage 5, Bruxelles Extensions. Walthère Michel. 1928.

En 1928, Monsieur Van Wylick, résident à Hong Kong, charge l'architecte Walthère Michel de lui édifier une maison à la mode chinoise. Le résultat, parfaitement zinneke, mélange sans complexe architecture moderniste (toit plat et châssis métalliques) et rêve d'Extrême-Orient (tuiles et céramiques turquoise, acrotères en forme de dragon). Le caractère chinois était renforcé à l'origine par les boiseries peintes en rouge (corniches, meneaux, porte de garage).

314 R. de la Science 33, Bruxelles Extensions. Alphonse Balat. 1858-1860. Sauvegarde 19.06.1997.

En plein cœur du quartier Léopold, les marquis d'Assche s'offrent à la fin des années 1850 un remake bruxellois du Palais Farnèse à Rome. Traduites par Alphonse Balat, les formes puissantes inventées par Michel-Ange vivent bien leur acclimatation nordique et offre au passant un moment d'Italie.

315 R. Antoine Dansaert 75-79, Bruxelles. Eugène Dhuicque. Dhomme, céram. A. Paulis, carton. 1928. Classée 26.03.1998.

Le rez-de-chaussée de cet immeuble était autrefois occupé par un grossiste en fruits exotiques. Le temps d'un achat, en levant les yeux, c'est l'Afrique ! La frise terminale en carreaux de céramique raconte la luxuriance tropicale des bananiers et des orangers.

Berchem-Sainte-Agathe, l'espace d'une rue, devient Berchem-les-Bains. Architecture « cottage », pignons à ferme apparente, balcons en bois, polychromie générale ; une envie de mer, de dunes et de plages…

316 Av. René Comhaire 94 à 116, Berchem-Ste-Agathe. J. Keyaerts. n°s 94 à 102 et Fernand Badoux n°s 106 à 116. 1912 et 1922.

« Le chalet dominait les alpages. Ses toitures pentues étaient prêtes à affronter les rigueur de l'hiver. Son bardage en bois la rendait invincible au vent violent des cimes. » Un roman d'aventures suisses, mais… à Woluwe-Saint-Pierre !

317 Av. des Cactus 4, Woluwe-St-Pierre. N. Lacroix. 1953.

318 Drève des Tumuli 20, Watermael-Boitsfort. v.1950.

Le rêve américain à Boitsfort…
Le modèle architectural américain est indémodable, avec ses porches sous fronton, ses colonnades et sa blancheur. De nombreuses villas s'en souviennent dans les communes favorisées et limitrophes de l'agglomération.

319 Av. Victor-Emmanuel III 48-50, Uccle. v.1930.

Colombages, toit de chaume, cieux gris… Et si c'était la Normandie ? À partir des années 1920 et ce jusque dans les années 1960, l'architecture vernaculaire normande a marqué la seconde couronne de la ville séduite par le charme de ce style calme et rustique.

Une villa contant le désert, les caravansérails, Ispahan et les Mille et une Nuits… Un récit d'autant plus fort et surréaliste qu'il contraste avec les frondaisons des hêtres et des tilleuls du Bois de la Cambre…

320 Av. Franklin Roosevelt 85, Bruxelles Extensions. Vic Demeester. 1983.

Les bavardes

Elles clament leur érudition, elles chuchotent des lieux communs, elles livrent des secrets. Qu'elles s'expriment en sgraffite, céramique, sculpture ou mosaïque, ces façades savent se faire entendre !
Cette tendance à user de la façade comme d'une illustration ou d'une enluminure connaît son apogée avec l'Art nouveau et se prolonge avec l'Art Déco. Elle mourra avec la Seconde Guerre qui sonne le glas de l'ornement en architecture. Cette page colorée et chatoyante sera alors définitivement tournée.

321 R. Faider 10, St-Gilles. Octave Van Rysselberghe.
Jean Baes, sgraf. 1882. Classée 19.01.1995.

L'équilibre savant de la Renaissance revit pleinement dans cette façade dessinée par Octave Van Rysselberghe pour le comte Goblet d'Alviella. L'élévation se démarque de tout ce qui se fait à l'époque par ses proportions carrées visiblement héritées de Vitruve. L'érudition du maître des lieux, recteur de l'ULB et homme politique, est mise en avant par l'iconographie qui joue à la fois sur des sgraffites – les premiers à Bruxelles – dus à Jean Baes → 101 et sur un relief du sculpteur Julien Dillens → 333. Au centre, Athéna casquée, timbrée d'une inscription en grec « qui aime les arts », impose la mesure. Elle est surmontée d'une frise évoquant l'eau où s'ébattent Triton, une sirène, des putti et des dauphins. Au dernier niveau, la galerie est garnie en son centre d'une allégorie de la Rectitude. Un hymne à la sagesse et à la connaissance des Anciens.

Des raisons qui ont amené le commanditaire de cette maison à désirer ces sgraffites, on ignore tout. Toujours est-il qu'il s'agit d'un des hommages les plus vibrants aux peintres des anciens Pays-Bas. Des femmes comme les aimaient les Primitifs – à moins que ce ne soient des anges ? – présentent des phylactères au nom de nos anciennes gloires. Là, Jordaens et Memling, ici Blondeel et David. Et les autres, Hubert et Jan Van Eyck, Lucas van Leyden, Rogier van der Weyden… Sous la logette, l'allège en bronze figure des putti en une joyeuse farandole.

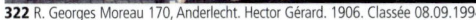

322 R. Georges Moreau 170, Anderlecht. Hector Gérard. 1906. Classée 08.09.1994.

À première vue, rien de particulier si ce n'est que la maison est complètement hors gabarit par rapport à ses voisines. À se rapprocher, on entend une petite musique. Des anges musiciens qui rappellent l'art des imagiers du XVe siècle soutiennent la retombée des arcs. Les tympans sont ornés de lyres et de partitions. Les ancres figurent des clefs de sol, de fa ou d'ut. Écoutez, c'est la façade la plus musicale de la ville…

323 Av. Rogier 22, Schaerbeek. Antoine Mennessier.1882.

Tondi pour toujours

Le « tondo » ou médaillon apparaît chez nous sous l'influence de la Renaissance italienne. Cette forme ronde, particulièrement plastique, permet d'introduire au sein de la façade des visages sur le mode des médailles ou des pièces de monnaie.

Avec la reconstruction de Bruxelles → p. 144, l'un des ornements les plus récurrents des façades est le médaillon figurant des personnages « à l'antique ». Des empereurs romains confèrent à cette façade de 1729, située aux portes du Grand Sablon, un vernis de culture et d'histoire, amusant dans ce contexte bourgeois bruxellois.

324 R. Bodenbroek 12, Bruxelles. 1729.

325 Av. Houba De Strooper 212, Bruxelles Laeken.
M. Lahousse. 1949.

Cet immeuble de l'après-guerre s'offre un peu de fantaisie avec ses petites sculptures accrochées aux allèges. Ces visages nouent un astucieux dialogue avec le promeneur. Stylisés et caricaturaux, ils sont au nombre de quatre. Peut-être s'agit-il d'allégories de fleuves ou de continents ?

L'un des plus fabuleux immeubles de style Beaux-Arts à la mode parisienne présente sur un de ses côtés une enfilade bizarre de portraits qui regardent le passant avec une sévère majesté. Curieusement, il s'agit de bustes de compositeurs de musique probablement récupérés et intégrés lors de la construction.

326 Av. Louis Lepoutre 67-73 / R. François Stroobant 45, Ixelles. 1912.

À côté des grands ateliers de décoration, de petits entrepreneurs essayent
aussi de se tailler une place au soleil de
la promotion immobilière. C'est le cas
notamment de Pierre Vandewattyne,
« peinture de bâtiments, peinture
décorative », qui réalise à Saint-Gilles
une série de petites maisons dans le
quartier de la rue Saint-Bernard.
Dessinant les plans, il réalise aussi lui-
même les frises de sgraffite qui décorent ses élévations.

327 R. d'Espagne 40, St-Gilles.
Pierre Vandewattyne. 1903.

Le sgraffite

Le sgraffite est une sorte de fresque. Sa technique et son
nom viennent d'Italie, où graffiare signifie gratter. Apparu
à la Renaissance, il conquiert l'architecture bruxelloise
dans les dernières décennies du XIXe siècle, dans un
contexte architectural où la polychromie, sous toutes ses
formes, est à la mode. Le sgraffite, ornant dès 1882 des
réalisations éclectiques → 101 et 321 connaîtra ses plus
belles applications avec l'Art nouveau, à l'extérieur des
édifices comme à l'intérieur. Bien que plusieurs techniques soient possibles pour l'élaboration d'un sgraffite,
la plus fréquente à Bruxelles consiste à superposer deux
couches de mortier, celle du fond, rehaussée de charbon,
étant foncée. Dans la couche superficielle encore fraîche,
le sgraffiteur trace ses motifs laissant ainsi apparaître la
couche de fond. Il teint ensuite la couche superficielle par
l'adjonction dans la masse de pigments colorés. Parmi les
nombreux décorateurs bruxellois à user de cette technique, citons Paul Cauchie → p. 66, Privat Livemont →
339 et 340, l'architecte Jean Baes → 101 et 321 et son
frère Henri, Adolphe Crespin → 104, Gabriel Van Dievoet,
etc... Peu coûteuse, cette technique connaîtra un énorme
engouement populaire, qui décline avec la Grande Guerre.

Une frise de sgraffite aux tons délicieusement veloutés se développe dans l'entablement
de cette façade. L'élévation relève de l'éclectisme tardif avec ses formes bourgeoises et sa
lucarne-pignon tandis que le sgraffite est encore influencé par la stylisation de l'Art nouveau où les formes délicates d'un papillon répondent à celles de fleurs et de feuilles.

328 Drève du Duc 90, Watermael-
Boitsfort. Félix Sterckx. 1912.

329 Av. Jean Dubrucq 23-25, Molenbeek.
Guillaume Janssens, céram. 1910.

Assez mal en point, deux façades de style éclectique sont garnies de carreaux de céramique signés Guillaume Janssens. Certaines représentations sont plus convenues – femmes jouant de la lyre ou de la flûte, fleurs –, d'autres, comme au n° 25, développent de vrais programmes. L'entablement est garni d'une immense frise figurant Diane chassant avec son lévrier dans un vaste paysage. Le thème de la chasse est repris dans les allèges du dernier niveau où s'affrontent des coqs de bruyère.

Les carreaux de céramique

Matériau résistant aux intempéries et au soleil, les carreaux de céramique connaissent sous l'influence de l'Art nouveau de merveilleuses applications dans les façades. Au sein de cette technique, trois subdivisions : le grès-cérame ou grès mat, le grès émaillé et la faïence, différents par leur texture et leur solidité, mais tous à base d'argile. À Bruxelles, au tournant du XXe siècle, trois entreprises bruxelloises se partagent principalement le marché : deux à Berchem-Sainte-Agathe, Helman → 195 et 344 et Janssens → 115 et 338, et une à Ixelles, Vermeren-Coché → 198.

330 Bd Léopold II 199, Molenbeek.
Céram. inconnue. v.1910.

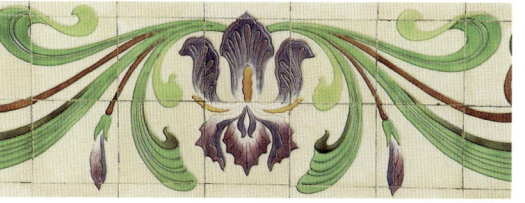

Ces carreaux de céramique, fabriqués en série par moulage, permettent des jeux de relief tel le léger pourtour soulignant les iris. Des motifs standard comme ceux-ci sont rarement signés.

331 Bd Léopold II 215, Molenbeek. Jean-Baptiste Dewin. 1904.

La mosaïque

Utilisées la plupart du temps à l'intérieur des habitations pour garnir le sol des halls d'entrée, les tesselles de mosaïque se retrouvent parfois en façade pour animer l'entablement ou les allèges. Jean-Baptiste Dewin (1873-1948), dans sa période Art nouveau, fut l'un des architectes bruxellois à recourir souvent à cet ornement en façade, relativement rare à Bruxelles comparativement aux sgraffites ou aux carreaux de céramique. Associant des tesselles de marbre et de verre coloré ou doré, ses façades s'animent de motifs stylisés brillant au soleil et marqués par la Sécession viennoise.

332 Av. Molière 172, Ixelles. Jean-Baptiste Dewin. 1910. Classée 10.10.1996.

Les techniques du métal

Un grand sculpteur belge du XIXe siècle, Julien Dillens (1849-1904), édifia en 1893 cette maison pour son usage personnel. La façade, typiquement néo-Renaissance flamande, propose un intéressant contraste de matériaux entre la brique et les petits verres bombés de fenêtres. Plus que par sa structure générale, c'est par le décor que brille cette élévation. Les allèges de la logette sont garnies de reliefs en bronze, représentant des figures féminines chevauchant des animaux, là un cheval marin, au centre un dragon, ici un taureau. Par un clin d'œil de l'histoire, c'est l'enlèvement d'Europe qui est représenté à droite, à un jet de pierre du Caprice des Dieux, quelque cent ans avant sa construction… D'autre part, les deux autres panneaux ne semblent pas renvoyer directement à la mythologie. Ces trois reliefs, considérés dans leur ensemble, exprimeraient plutôt une allégorie des quatre éléments, respectivement l'eau (cheval marin), l'air et le feu (dragon volant) et la terre (taureau). D'autres reliefs en bronze ? → 332.

333 R. Belliard 161, Etterbeek. 1893.

Une autre technique pour l'iconographie des façades ? Le vitrail → p. 96.

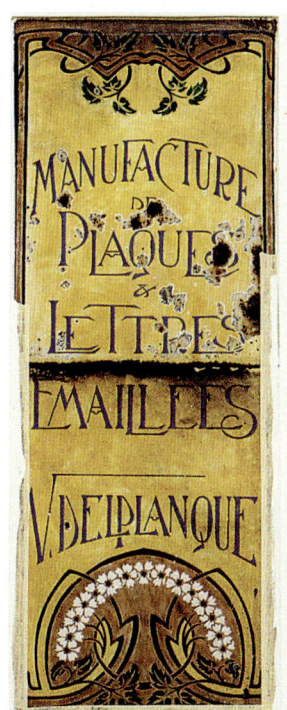

Les plaques émaillées constituent, à côté des sgraffites, des vitraux et des carreaux de céramique, une façon, typique en cette fin du XIXe siècle, d'introduire couleurs et images au sein d'une élévation. À Anderlecht, deux façades assez banales témoignent encore de cet art délicat de l'émail : il s'agit de la maison-atelier de Victor Delplanque comme le proclame l'enseigne publicitaire marquée par les circonvolutions de l'Art nouveau. À l'étage, l'un des trumeaux est orné d'un véritable morceau de bravoure : une plaque figurant un paon et toutes les subtilités de son plumage.

334 R. Georges Moreau 162 et 164, Anderlecht. Arthur Nelissen. 1906.

Les femmes...

Au tournant du XXe siècle, ces dames envahissent de plus en plus les façades de leurs rondeurs délicieuses et charnues. Déjà présentes dans une moindre mesure dans les constructions éclectiques, elles conquièrent définitivement l'Art nouveau. Toujours en recherche de courbes et contre-courbes, celui-ci jette son dévolu sur les cheveux longs et ondoyants, les visages rebondis et les courbes harmonieuses des femmes, qu'il assimile naturellement à son autre grand thème décoratif : les fleurs. La femme-fleur est née, belle, fragile et muette.

En recourant de manière quasi systématique à ces images pour décorer les façades, l'idée de la femme au foyer, l'un des piliers de la société du XIXe siècle, se trouve magnifiquement confirmée : la maison est le lieu de la femme, dont elle est l'âme et le plus bel ornement.

Sur les grands boulevards du centre, de solides et martiales caryatides, aux formes charnues comme des fruits, soutiennent les étages en surplomb de cet immeuble de style éclectique. Baroques et impériales, un zeste aguicheuses et dénudées, elles donnent de l'ampleur à cet immeuble d'angle d'un profil particulièrement aigu.

335 Bd Adolphe Max 28-34, Bruxelles. A. Vanderheggen. A Bouré et H. Le Roy, sculpt. v.1875. Classée 28.04.1994.

336 R. Royale 25-27, Bruxelles.
Antoine Mennessier. 1876. Classée 08.08.1988.

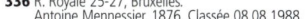

Cet autre immeuble de style éclectique, situé rue Royale, donne une version de la femme plus angélique mais à peine plus pudique. Les deux figures en bronze se souviennent de la statuaire et de l'iconographie baroque, l'une tenant la trompette de la Renommée, l'autre, plus vengeresse, lançant ses foudres au passant.

Sous le pinceau de Paul Cauchie, les femmes se font plus langoureuses, délicates et longilignes. Le préraphaélisme anglais, influencé, comme son nom l'indique, par la peinture d'avant Raphaël et plus particulièrement par Botticelli et la Renaissance florentine, marque ses compositions de sgraffites. Le décorateur a, en outre, signé les plans de la maison, cinq ans avant ceux de son habitation de la rue des Francs → 114.

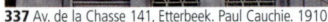

337 Av. de la Chasse 141, Etterbeek. Paul Cauchie. 1910.

Charmante et distinguée, fleur parmi les fleurs, cette femme en carreaux de céramique illumine la façade de la maison d'un ancien bourgmestre de Ganshoren. Elle est signée Janssens, le céramiste de la villa Marie-Mirande → 115.
Dans de nombreuses représentations féminines, on retrouve ce type de coiffure, retenue par un diadème ou des bandeaux d'où s'échappent des mèches en accroche-cœur.

338 Av. Broustin 110, Ganshoren. Guillaume Janssens, céram. 1910. Classée 28.06.2001.

Un des plus talentueux décorateurs de son temps, Privat Livemont (1861-1936), signe les sgraffites de cette façade. Le style de l'artiste se reconnaît à la luxuriance exacerbée de l'image où le graphisme prend le pas sur la picturalité. Le traitement des couleurs est abstrait, faisant surgir en blanc sur fond rouge femme et fleurs entrelacées.

Vous connaissez le Paquebot de la place Flagey ? Voici le même architecte, Joseph Diongre, en tout début de carrière au service des formes Art nouveau. Une autre maison de Diongre ? → 217.

339 R. Ernest Laude 20, Schaerbeek. Joseph Diongre. Privat Livemont, sgraf. 1908.

Quelques années après la rue Laude, Privat Livemont décore les tables de l'entablement de cette petite maison schaerbeekoise dont le caractère pittoresque est accentué par les tons verts du sgraffite. Le sourire et la fraîcheur sont toujours de mise pour ce profil féminin entouré de feuilles d'acanthe, nerveuses comme des flammes.

340 Av. Sleeckx 76, Schaerbeek. Privat Livemont, sgraf. 1912.

Dans l'une des belles avenues de la capitale, une façade représente dans un large sgraffite assez naïf, la Peinture et l'Architecture — sans doute s'agit-il de la maison d'un architecte — sous la forme de deux femmes. Celles-ci, entremêlées de végétaux, prennent un autre thème cher à l'époque, celui de la femme-fleur.

341 Av. Richard Neybergh 160, Bruxelles Laeken. Eugène Leman. v.1910.

Dans un médaillon, ce visage féminin surgit au milieu du bouquet, comme une fleur parmi d'autres !

342 Av. Émile Max 84, Schaerbeek. 1915.

Un trompe-l'œil en sgraffite imite la technique de la mosaïque. Il s'agit d'un des derniers sgraffites de Bruxelles. Après la Première Guerre, la production de sgraffites ralentit considérablement, ne séduisant que peu l'Art Déco et encore moins le style Beaux-Arts.

343 Sq. François Riga 12, Schaerbeek. Maurice Delcuve. 1923.

Nous les avons vues en allégories des Arts → 114 et 341 et de l'architecture → 111, les voici en égéries du Progrès, l'une exaltant la force motrice, l'autre l'électricité. Sur un dessin de Jaques Madiol, ces compositions en carreaux de céramique étaient vendues telles quelles dans le catalogue de la maison Helman.

344 Av. Prekelinden 106, Woluwe-St-Lambert. Helman, céram. v.1905.

... et les enfants d'abord !

Bonheur du foyer, les enfants allaient eux aussi marquer les façades de leur présence, mi-bambins, mi-chérubins.

345 Av. Gustave Latinis 135, Schaerbeek. Armand De Saulnier. 1938.

Sur un immeuble massif des années 1930 réalisé par Armand De Saulnier, des putti décorent le trumeau central. Et, un moment, on se souvient des reliefs en schiacciato de Donatello. Une bouffée saugrenue de Renaissance italienne en plein Schaerbeek.

Un gamin chevauche une oie... Cette allégorie amusante, symbolisant l'élément « air », a été élaborée une quinzaine d'années auparavant par Jean Baes pour sa maison personnelle → 101 et reprise telle quelle dans cette façade (fort restaurée) millésimée 1902.

346 Av. Jef Lambeaux 38, St-Gilles. 1902.

Ces deux façades traitent chacune à leur manière le même sujet. Les enfants jouent avec des guirlandes de fleurs et de fruits, symboles de fertilité, d'abondance et de prospérité. Avenue des Azalées, le thème est magnifié par les couleurs des carreaux de céramique : les carnations des enfants, le rose des fleurs, le vert des plantes, tout concourt à un aspect riant sur le mode d'une gentille bacchanale. Rue Géo Bernier, les enfants sculptés dans la pierre semblent surgir de la façade. C'est ici le rendu moelleux de leur corps qui est à l'honneur.

347 Av. des Azalées 22, Schaerbeek. 1914.

348 Av. Géo Bernier 14, Ixelles. Albert Callewaert. 1923.

L'enfant au chien. Une sculpture qui laisse songeur quant on sait quel lien unissent souvent adolescents et animaux… Parfaitement stylisée, elle est empreinte de délicatesse et de quiétude. Elle offre un temps d'arrêt sur le perron de cette demeure, qui, au milieu des années 1920, s'inspire encore de certaines formes de la Renaissance.

349 Av. Albert-Elisabeth 48, Woluwe-St-Lambert. Émile Closset. 1926.

Le cartouche en pierre blanche tranche sur le reste de l'élévation traitée de manière plus rustique avec son pignon en colombage et ses volets. Toujours à la mode d'un putto italien, ce petit angelot tient à la main le blason symbolisant les beaux-arts et les outils du peintre.

350 Av. Paul Deschanel 30, Schaerbeek. J. Van Tuyn. 1927.

Et le couple?

Si le mariage reste le fondement de la société jusque tard dans le XXe siècle, les représentations de couple sont quasi inexistantes sur les façades bruxelloises. La femme demeure l'incarnation du foyer, tandis que l'homme vit au dehors: l'un et l'autre ne jouent pas dans la même cour.

351 Bd de Smet de Naeyer 585, Bruxelles Laeken. Alphonse Groothaert. Mathieu Desmaré, sculpt. 1913.

La seule représentation d'avant-guerre d'un homme et d'une femme ensemble (que nous ayons remarquée) prend place sur la façade de la maison personnelle du statuaire laekenois Mathieu Desmaré (1877-1944). Plus tardive, une maison de 1928 est sommée d'un relief dans le pignon. L'influence des bas-reliefs égyptiens d'Akhenaton et de Néfertiti — des fouilles du site d'Amarna sont menées entre 1902 et 1923 — est particulièrement sensible dans ces deux figures réunies par les rayons de l'astre solaire.

352 Bd Brand Whitlock 95, Woluwe-St-Lambert. 1928.

Le carnaval des animaux

Les animaux représentent une intarissable source iconographique pour l'architecture. Le symbolisme de certains d'entre eux s'inscrit à merveille dans l'art de la façade, tandis que leurs formes permettent une stylisation propre à chaque époque, de l'historicisme à l'Art Déco, en passant par les folles courbes de l'Art nouveau.

Plus que tout autre animal au tournant du siècle, le paon symbolise la beauté à la fois par sa forme étirée et majestueuse et par ses couleurs moirées. Il s'agit d'un des rares animaux à connaître à la fois les faveurs des milieux élitistes et symbolistes et celles des décorateurs plus populaires.

353 Av. Émile Verhaeren 97, Schaerbeek. 1911.

À l'origine, la maison personnelle de l'architecte Jean Van Hall développait des vitraux dans tous ses châssis. Un astucieux dialogue se noue toujours entre eux et les ferronneries : une libellule orne l'imposante imposte du rez-de-chaussée tandis qu'un papillon se développe dans le barreaudage de la cuisine-cave.

D'autres représentations animalières développées dans des vitraux ? → 171 à 173, 175, 177 et 179.

354 R. Renkin 90-92, Schaerbeek. Jean Van Hall. v.1905.

Le thème du hibou trouve son paroxysme dans cette maison de l'avenue Brugmann. Une inscription en sgraffite au-dessus de la porte annonce le sujet, renforcé par les deux oiseaux posés en acrotère aux extrémités de la lucarne et par les formes des baies et des châssis évoquant déli-cieusement les yeux de l'ani-mal noctambule.

355 Av. Brugmann 55, St-Gilles.
Édouard Pelseneer. 1895.
Classée 27.10.1983.

LES CYCLES : HEURES, SAISONS, ÉLÉMENTS

Un thème récurrent des façades au tournant du XXᵉ siècle consiste en des évocations de cycles, que cela soit du jour, de l'année ou des éléments → 101 et 104. La maison apparaît comme un tout qui résume et synthétise la réalité. Par exemple, dans l'évocation des heures, on voit souvent l'aube symbolisée par un coq chantant, le jour par un oiseau en plein ciel, le crépuscule par les chauves-souris, etc…. La nuit est réservée aux hiboux qui veillent vaillamment sur la maisonnée. Le hibou et la chouette, contrairement aux croyances anciennes et paysannes, sont vus de manière positive comme de bons génies nocturnes.

Sous l'influence d'un sculpteur comme Pompon, l'Art Déco conti-nue de s'intéresser au hibou, moins pour son symbolisme que pour sa capacité à être stylisé. On trouve beaucoup d'exemples de ces hiboux dans les façades bruxelloises de l'entre-deux-guerres, utilisés notamment pour orner les montants des baies.

356 Av. Lambeau 53,
Woluwe-St-Lambert.
v.1930.

Dans l'entre-deux-guerres, le goût de la stylisation poussera certains architectes, comme Pierre Verbruggen, à réinventer des nouvelles formes d'oiseaux, mi-hibou, mi-ibis. Cet animal composite se retrouve aussi sur la maison communale de Forest, conçue par Jean-Baptiste Dewin en 1925.

357 Av. Brugmann 491, Uccle. Pierre Verbruggen et Louis Herman De Koninck. 1925.

358 R. du Châtelain 29, Ixelles.
Ernest Blérot. 1895.

Ernest Blérot → p. 165 a 25 ans quand il s'érige cette maison rue du Châtelain, qu'il enrichit d'animaux fabuleux (consoles) et de sgraffites amusants. Au-dessus de la porte, la baie d'imposte aveugle résume la fable de La Fontaine en un amusant clin d'œil à l'hospitalité… « Compère le Renard se mit un jour en frais, et retint à dîner commère la Cigogne… »

Deux toutous veillent sur cette maison laekenoise. La légende raconte que l'architecte Henri Brons a ainsi voulu rendre hommage à son bourgmestre qui, tous les jours, se baladait accompagné de son petit chien. Quelques années auparavant, en 1929, naissait Milou, le chien préféré des Belges. Référence consciente ou inconsciente ?

359 R. Ernest Salu 60, Bruxelles Laeken. Henri Brons. 1934.

C'est l'esprit familier du lieu ;
Il juge, il préside, il inspire
Toutes choses dans son empire
Peut-être est-il fée, est-il dieu ?
CH. BAUDELAIRE, LES FLEURS DU MAL, 1857.

Au XIXe et au début du XXe siècle, l'engouement pour le chat est à son comble. Chanté par les poètes, le chat devient aussi dans l'architecture un des symboles du foyer domestique, un des « ornements » incontournables de la maison presque au même titre que la maîtresse du logis, comme le dit si bien Apollinaire, dans son Bestiaire en 1911 « Je souhaite dans ma maison / Une femme ayant sa raison / Un chat passant parmi les livres ». Plusieurs façades à Bruxelles témoignent du succès de cet animal décliné suivant la fantaisie de chaque architecte. Rue Royale Sainte-Marie, ils apparaissent comme d'adorables minous. Tout au contraire, Alban Chambon transforme leurs courbes félines en motif Art nouveau en leur imprimant un caractère à la fois menaçants et royal.

360 Av. Dailly 48, Schaerbeek. Alban Chambon. 1901.

361 R. Royale Ste-Marie 241, Schaerbeek. A. Dankelman. 1909.

362 R. Henri Bergé 74, Schaerbeek. 1905.

La façade peut devenir défensive par sa figuration de bêtes féroces comme le lion. À Schaerbeek, des mascarons mi-lions, mi-satyres, font rugir les allèges de cette maison d'inspiration néoclassique, tandis qu'à Saint-Josse, des lions grognons et paresseux mettent mollement en garde les passants mal intentionnés.

363 Av. Georges Pètre 17-19, St-Josse-ten-Noode. Fin XIXᵉ s.

364 Av. Louis Bertrand 19, Schaerbeek. 1908.

365 R. des Coquelicots 20, Etterbeek. Henri Coomans. 1910.

LE BESTIAIRE ENCHANTÉ

Le bestiaire peut aussi devenir fantastique. La façade de style néo-Renaissance de l'avenue Louis Bertrand est décorée à la manière d'un manuscrit médiéval. L'art de l'enluminure revit dans l'allège figurant un animal composite, lézardo-dragono-oiseau. Sur une façade d'Etterbeek, un peu plus tardive, mais puisant elle aussi dans le vocabulaire de la Renaissance, c'est la salamandre de François Ier qui ressuscite. Une autre salamandre à Laeken rappelle la croyance médiévale selon laquelle ce petit animal avait la faculté de vivre dans le feu. Sa voisine présente une sirène, créature composite et mythique. Enfin, une façade étonnante à Uccle, relevant de l'Art Déco, est animée de griffons mirant le ciel.

366 R. Lincoln 7, Uccle. Vermeiren. 1934.

367 R. du Siphon 34 et 36, Bruxelles Laeken. J. Vermeersch. v.1910.

368 R. Louis Van Beethoven 60, Anderlecht.
Guillaume Engels. 1932.

Des allures d'enluminure médiévale pour cette petite maison Art Déco d'Anderlecht, où les animaux s'insèrent subtilement dans les lignes architecturales. Le visiteur est accueilli par deux petits singes orange nichés dans les impostes de la porte tandis qu'une courageuse cigogne ponctue l'allège du bow-window.

Sur le mode du livre de la Jungle, un immense serpent en mosaïque se déploie curieusement sur le trumeau central d'une façade Art Déco.

369 R. Armand De Roo 2, Schaerbeek. 1935.

370 Av. Gustave Latinis 84, Schaerbeek. G. Bossuyt. 1954.

Après la Seconde Guerre, le décor figuratif tend à disparaître de l'architecture privée. Cette façade « bel étage » des années 1950 s'offre une dernière fantaisie animalière par un motif adulé par l'Art Déco deux décennies auparavant : la biche.

Corbeilles

Avec le style Beaux-Arts, un des standards de la décoration des façades réside dans les corbeilles de fruits. Ce motif décoratif riant, sans signification particulière, sorte de point zéro de la décoration et de l'inventivité ornementale, sera par la suite adopté par l'Art Déco dans des compositions parfois envahissantes, mais toujours charmantes. On le retrouve partout, comme un logo, dans les vitraux, les grilles, les culots des logettes, les encadrements des baies, les pignons...

371 Av. Paul Deschanel 58, Schaerbeek. Vanderberghe. v.1920

372 R. Jean-Baptiste Timmermans 46, Woluwe-St-Lambert. A. Vanbever. 1924.

373 Av. Marie-José 110, Woluwe-St-Lambert. 1922.

374 A Bd Lambermont 344, Schaerbeek. 1927. Transfo. en 1934.

375 Av. Lambeau 53, Woluwe-St-Lambert. v.1930.

376 Av. du Diamant 132, Schaerbeek. René Doom. 1912.

377 R. Braemt 91, St-Josse-ten-Noode. 1873. Transfo. en 1929.

378 Av. Franklin Roosevelt 49, Bruxelles Extensions. P. Viérin. v.1930.

379 Av. Lambeau 55, Woluwe-St-Lambert. v.1930.

380 R. Vondel 42, Schaerbeek. Rhabillée en 1927.

381 Sq. Vergote 8, Woluwe-St-Lambert. J. Chabot et J. Van Zeeland. 1924.

Gustave l'enchanteur

En 1901, Gustave Strauven conçoit la plus flamboyante de toutes les façades bruxelloises, celle de la maison Saint-Cyr, dans laquelle il pousse jusqu'au délire les formes végétales de l'Art nouveau. Il a 21 ans. Durant le peu d'années que durera sa carrière, Strauven s'emploiera à ouvrir grandes les portes de la poésie et de l'imaginaire. Hommage à celui sans qui l'architecture bruxelloise manquerait d'une touche de rêve et de panache.

La maison Saint-Cyr. D'abord, des proportions hautes et étroites qui sonnent comme un défi. Ensuite, une fenêtre ronde – œil cyclopéen ? cadran de pendule ? – si enchanteresse qu'elle deviendra un des poncifs de l'Art nouveau bruxellois. Un ajourage maximum de la façade, qui fait qu'ici l'architecture se réduit presque à une enfilade de châssis. Enfin, une attention sans pareil aux détails, depuis la grille ceignant le jardinet jusqu'à l'épi de faîtage terminal.

Partout, Strauven a inventé, élaboré et soupesé. Saint-Cyr, icône de l'Art nouveau, ne peut que fasciner.

382 Sq. Ambiorix 11, Bruxelles Extensions.
Gustave Strauven. 1900.
Classée 08.08.1988.

En 1899, en tout début de carrière, Strauven édifie deux maisons de rapport rue Saint-Quentin. Au numéro 30, une grande ingéniosité se marque déjà dans le traitement du balconnet chantourné. La pierre bleue et le garde-corps en fonte, éléments tout à fait traditionnels de l'architecture, s'entremêlent savamment de tiges convulsées en fer forgé.

GUSTAVE STRAUVEN

Une carrière comme un météore. Une vie à peine moins brève dont finalement on sait peu. Pas une photo. Une date de naissance et de mort, quelques faits. En 1878, Gustave naît à Schaerbeek, d'un père jardinier et d'une mère aubergiste. Il est le cadet d'une grande famille pour laquelle les métiers de la construction ne resteront pas lettre morte. Très jeune, le garçon, à l'instar de ses frères, se destine à l'architecture en suivant la formation dispensée à l'école Saint-Luc de Schaerbeek. En 1896, il entre en stage chez le maître de l'époque, Victor Horta, fort occupé alors par les chantiers de la Maison du Peuple et de l'hôtel Van Eetvelde. La rencontre du maître est déterminante pour l'adolescent, acquis aux idées de l'Art nouveau et drillé à bonne école à une inventivité permanente. Sa carrière commence, lapidaire, essentiellement consacrée à la construction de maisons mitoyennes et d'immeubles de rapport à Bruxelles et à Tournai, dont une cinquantaine sont actuellement répertoriées. Un étrange parcours, où la qualité architecturale est inversement proportionnelle à l'âge de l'architecte. À 21 ans, Strauven pare Bruxelles d'un chef-d'œuvre, la maison Saint-Cyr. Une réalisation fascinante, qui ne doit pas occulter les autres. Si Strauven développe en effet une grammaire architecturale bien à lui, chaque projet, de 1900 à 1907 environ, renouvelle la magie.

Parallèlement, il y a de l'apprenti-sorcier chez ce jeune homme. Loin de se cantonner au seul domaine de l'architecte, Strauven fait breveter diverses inventions, relatives ou non à l'habitat; monte-plat, chauffage central invisible, briques armées, balustrades en ciment ou plâtre, mais aussi roue à suspension à ressorts pour voitures et bicyclettes, vélo automobile… Une passion de l'invention qui fera progressivement passer son activité constructive au second plan. Signe des temps ? Peut-être le jeune architecte comprend-il que l'Art nouveau, qu'il a porté si haut, n'a été que feu de paille, étouffé par sa trop rapide vulgarisation. Vers 1907, ses constructions s'assagissent. Les dernières, qui datent de 1914, étonnent par leur calme banalité…

En 1914-1918, Gustave Strauven fait partie des engagés volontaires. Il meurt à 41 ans des suites de blessures le 19 mars 1919 dans un hôpital belge établi en Haute-Savoie, à Faverges.

383 R. St-Quentin 30, Bruxelles Extensions. Gustave Strauven. 1899.

La maison personnelle de Strauven se souvient de Saint-Cyr, en plus ramassée et en plus modeste. Elle présente une élévation bigarrée de jaune et de bleu, rare à Bruxelles. À la grille en fonte ceignant la large baie du rez-de-chaussée répond le petit garde-corps du toit. Rongé par des tracas communaux, Strauven n'y vécut que peu et ne finalisa malheureusement pas la logette prévue au premier étage, actuellement traitée en balcon.

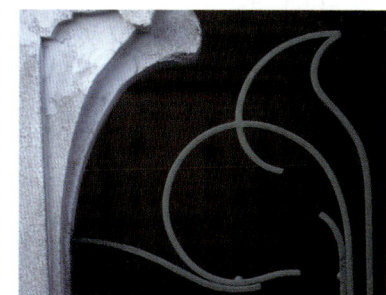

384 R. Luther 28, Bruxelles Extensions. Gustave Strauven. 1902.

Imperceptiblement, cette façade joue d'une double orientation, qui lui confère un mouvement intérieur. Les jeux de pleins et de vides, chers à l'architecte, trouvent ici leur paroxysme dans les étages en loggia (renfoncement formant un balcon couvert) sur la droite, auxquels répondent les travées légèrement convexes sur la gauche. La façade s'étire vers le ciel par sa hampe en fer forgé qui réunit les balcons des étages et se prolonge dans la ligne verticale du pignon en bois.

385 Bd Clovis 85-87, Bruxelles Extensions.
Gustave Strauven. 1900. Classée 08.08.1988.

Cette façade de la rue Van Campenhout fait la part belle à la lumière et à la polychromie des matériaux. En travée d'accès, la fenêtre est curieusement surmontée d'une baie d'imposte dont l'arrondi commande les autres arcs de la façade. Garnie de vitraux, elle répond à la porte savamment ajourée.

386 R. Van Campenhout 51, Bruxelles Extensions.
Gustave Strauven. 1901. Classée 29.02.1984.

Comme le → 388, Strauven magnifia cette façade de deux arcs-boutants étançonnant la lucarne. Les niveaux se confondent ; cuisines-caves et bel étage sont réunis par une grille en fer forgé et la travée d'accès est traitée d'une seule venue.

387 R. de l'Abdication 4, Bruxelles Extensions.
Gustave Strauven. 1902.

L'élévation, essentiellement constituée de briques émaillées blanches aux premiers niveaux, se teinte et s'obscurcit de plus en plus de rouge au fur et à mesure que le regard s'élève, un schéma aussi qui se retrouve au → 386 et au → 384. La façade devient fantomatique sous le crayon de Strauven; châssis végétalisants, lucarne flanquée de deux arcs-boutants tentaculaires, jeux de vides et de pleins créés par l'oriel et les balcons couverts. Haute, étroite, elle aspire au ciel par ses pinacles, en « bonnet phrygien », forme récurrente chez l'architecte, et par ses petites cheminées latérales.

388 Av. Paul Dejaer 9, St-Gilles.
Gustave Strauven. 1902.

La chaussée de Louvain se meurt, asphyxiée de trop de bruit et de pollution. Strauven y avait dessiné quelques maisons de rapport pour lesquelles, malgré la modestie du programme, il n'avait pas hésité à user de son crayon enchanté. Le n° 239, dont l'arc évoquait l'Orient, a été salement surhaussé. Le n°235-237 a du mal à résister aux carrelages jaunasses plaqués dans les années 1930. Les n°ˢ 229 et 231 pourraient encore briller s'ils ne suffoquaient de crasse dans l'indifférence générale…

389 Chée de Louvain 229, 231, 235 à 237 et 239. St-Josse. Gustave Strauven. 1903 et 1901.

Ces deux façades jumelées en miroir se caractérisent par des décrochements géométriques savamment ordonnés. Un avant-corps rectangulaire sert de socle à une double terrasse et à un petit bow-window triangulaire, supportant lui-même une terrasse en triangle. À l'enchâssement complexe des formes, répond les mélanges de matériaux, notamment

pour les consoles en bois se détachant sur la brique. Comme pour beaucoup de maisons du tournant du XXᵉ siècle, la couleur des briques est magnifiée par une peinture rouge imitant la brique.

390 Av. Clays 47 et 49, Schaerbeek. Gustave Strauven. 1902.

Une des seules façades en pierre de Strauven. L'élévation, plus sobre que d'habitude, met véritablement en scène les châssis. La porte largement ajourée, s'organise autour d'un dessin japonisant des petits-bois. Comme souvent, Strauven nous surprend par des contrastes de matériaux, telles les consoles métalliques s'agrippant à la corniche en bois.

391 R. Souveraine 52, Ixelles. Gustave Strauven. 1902.

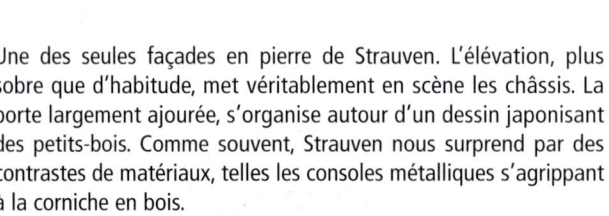

À l'angle de la rue Josaphat et de l'avenue Louis Bertrand, Strauven crée l'événement par un immeuble de rapport quasi spectral. Sage au rez-de-chaussée et à l'entresol, l'élévation s'exacerbe aux étages en mille jeux de surplombs, de retraits et d'encorbellement, confirmés par les matériaux et les couleurs. Même les toitures se brouillent dans une forêt de cheminées et de pinacles qui surgissent de toutes parts, dans une réminiscence gothique certaine. Le couronnement de l'angle, fier comme un bastion, exhorte et manigance l'ascension générale. Un regret cependant, la perte de nombreux châssis anciens.

Curieusement, Strauven, qui a participé active-ment à l'urbanisation nouvelle du quartier, appose sa signature à côté d'un tableau en carreaux de céramique représentant le vieux village de Schaerbeek, avec son ancienne église romano-gothique détruite l'année qui précéda la construction de cet immeuble.

392 Av. Louis Bertrand 53-61, Schaerbeek.
Gustave Strauven. 1906.

Un soubassement profilé sur lequel s'épanouissent des fleurs en pierre bleue, un clocheton qui touche au ciel. Cette façade se déploie comme un grand végétal. Ferronnerie, pierre bleue, briques et menuiserie : les maté-riaux s'écoulent les uns dans les autres sans hiérarchie. L'architecte se laisse aller à ses jeux favoris de pleins et de vides : logette, loggia et dernier niveau en retrait ceint d'un parapet : la rue est un spectacle auquel toute la maison est conviée.

393 Av. Louis Bertrand 43, Schaerbeek.
Gustave Strauven. 1906.

Les maisons de l'âme

Home, sweet home…Comme autant de reflets des âmes de leurs propriétaires, voilà des maisons qu'on adore, qu'on bichonne, qu'on dorlote, des foyers qui brillent de l'amour qu'on leur porte. Ces façades, pour la plupart toutes simples, témoignent avec un bonheur parfois éclatant du bien-être de ceux qui y vivent…

394 R. des Moissons 27, St-Josse-ten-Noode. v. 1899.

Un paysage idyllique et antiquisant, peint par le maître des lieux Jérôme Dayez, noue un astucieux dialogue avec le rez-de-chaussée de cette maison d'inspiration néoclassique. La porte, plutôt que de donner simplement accès à la maison, entrouvre l'imaginaire.

La nature et l'esprit ont envahi cette maison revivifiée voici quelques années par Dominique Van Weddingen. Par des couleurs et des lignes, cette architecte y projeta une symbolique nouvelle. Terrestre par ses matériaux (pierre bleue, chêne et enduit teinté dans la masse), la façade est aérienne par ses lignes. À la manière d'une liane, un fin trait vole de fenêtre en fenêtre et se concrétise dans les impostes par des petits-bois aux formes souples. La porte d'entrée annonce le thème par un gros papillon en fer forgé servant de poignée. Dans l'entablement, les cache-boulins sont décorés de symboles alchimiques figurant les quatre éléments.

395 R. van Aa 103, Ixelles. Dernier tiers XIXᵉ s.

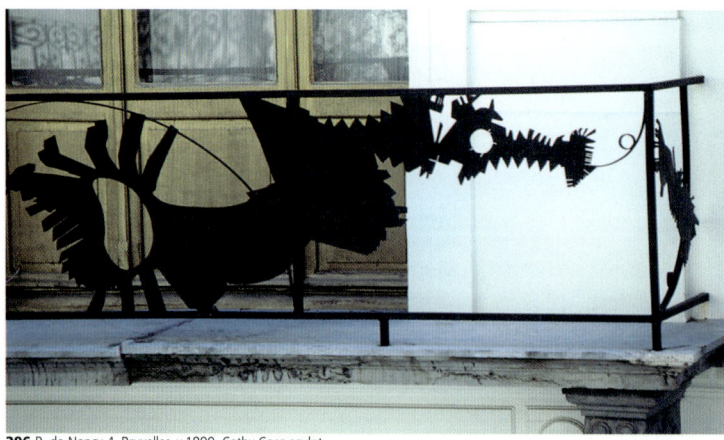

Une grande maison néoclassique, qui a perdu ses garde-corps en ferronnerie, se laisse hanter par une fable en ombre chinoise, où rôde un grand méchant loup…

396 R. de Nancy 4, Bruxelles. v.1899. Cathy Coez sculpt.

Dites-le avec des fleurs… Un audacieux trompe-l'œil brouille la perception de cette façade, témoin de l'habitat rural de Woluwe-Saint-Lambert. Vraies ou fausses, ces roses trémières et cette vigne vierge ? Un artifice charmant, comme une désir de campagne, comme un appel à l'été…

397 R. Voot 90-92, Woluwe-St-Lambert. XIX° s.

LES FENÊTRES MURÉES

Certaines maisons bruxelloises ont des fenêtres obturées et maçonnées. Il s'agit de la conséquence d'un impôt créé à la fin du XVIII° siècle durant le Directoire et basé sur les signes extérieurs de richesse, dont les fenêtres étaient l'un des indices. En 1913, cette taxe augmente considérablement avec comme conséquence, toujours visible aujourd'hui, de murer les fenêtres. Un désastre non seulement du point de vue de l'architecture, mais surtout de la salubrité. En 1919, on change la manière de taxer, établie non plus sur l'apparence mais sur les revenus réels des citoyens.

Au sein de l'antique quartier des Marolles, une maison à pignon droit du XVII° siècle, quelque peu remodelée au rez-de-chaussée en 1876, ose l'originalité des couleurs et de l'écriture. Doucement une folle liane balchwanicum l'envahit.

Sur une maison ouvrière du vieil Auderghem, une fenêtre murée rêve aux étoiles. Un astronome scrute le ciel.

398 R. des Tanneurs 86, Bruxelles. XVII° s.

399 R. du Villageois 99, Auderghem. v.1875.

L'âme de Boitsfort

Le Coin du Balai

En lisière de la forêt de Soignes, de part et d'autre de la vieille chaussée de la Hulpe, ce coin doit son nom à une vieille légende. Charles Quint, perdu dans la grande forêt, aurait été remis sur le droit chemin par un manant de l'endroit. Magnanime, l'empereur remercia le brave en lui octroyant le privilège exclusif, et de surcroît transmissible, de la fabrication des balais et en l'autorisant à ramasser et à cueillir les branches nécessaires à sa nouvelle activité.

Toutes les constructions de ces temps reculés ont aujourd'hui disparu mais le quartier a conservé, comme par miracle, son ambiance villageoise avec ses minuscules maisons de métayers ou de journaliers datant pour la plupart du début du XXe siècle.

Souvent, en milieu urbain, une attitude, qu'elle soit positive ou négative, rayonne et s'étend à tout un quartier. Gros-plan sur le Coin du Balai où chaque façade témoigne avec originalité et drôlerie du bien-être de ses habitants. Un vrai village où, en 1904, vint s'installer le peintre Rik Wouters.

400 R. du Triage 14, Watermael-Boitsfort.

401 Chée de La Hulpe 303, Watermael-Boitsfort.

402 R. Auguste Beernaert, Watermael-Boitsfort.

403 R. Eigenhuis, Watermael-Boitsfort.

404 Chée de La Hulpe 283, Watermael-Boitsfort.

405 Chée de La Hulpe 285, Watermael-Boitsfort.

406 Pl. Rik Wouters 7, Watermael-Boitsfort.
Sauvegarde 15.01.1998.

407 Chée de La Hulpe 573, Watermael-Boitsfort.

408 Av. Misart 61, Watermael-Boitsfort.

409 Sq. du Castel fleuri 2, Watermael-Boitsfort. Heusch. 1935.

Le square du Castel fleuri a été loti dans les années 1930 de maisons cossues, par un même architecte promoteur. Les propriétaires du numéro 2, installés là depuis 1968, apportent en permanence une note d'originalité en investissant leur villa de toute leur fantaisie. Une des façades se disloque dans un trompe-l'œil de cyprès et de ciel. Le jardin reçoit suivant les saisons un habillage de circonstances. En cette fin d'été, une vache y broutait. Les garde-corps du balcon et le porche nichent des oiseaux créés par une artiste anglaise, Jane Fawn Watts. À suivre.

410 R. d'Angleterre 49-51, St-Gilles.

Comme des cris dans la ville

Si certaines façades rayonnent du bonheur de leurs habitants, il en est d'autres qui crient leur désespoir face à des projets qui les nient. Comme des tableaux noirs, elles deviennent un lieu où exprimer sa colère face à une ville aux prises avec une promotion immobilière sauvage et sans complexe. Inhabitées pour la plupart, ces maisons sont investies d'amères réflexions. Elles prennent à témoin le passant de drames vécus.

Depuis une dizaine d'années, le quartier environnant la gare du Midi est l'enjeu d'une promotion immobilière importante. Face à une urbanisation qu'on ne comprend plus, le graffiti apparaît comme le seul recours pour dire son ressentiment.

411 R. de Stassart, Ixelles.

L'ÎLOT SOLEIL RÉDUIT EN CENDRES

« Lundi matin, un incendie criminel ravageait un immeuble de la rue des Chevaliers. Un immeuble squatté par des artistes et baptisé l'îlot Soleil. Igor a perdu la vie dans le drame. (…)

D'origine ukrainienne, Igor résidait à l'îlot Soleil, un squatt où transitaient chaque semaine une soixantaine d'artistes. Implanté dans le chancre visé par le mégaprojet Heron-City, ce lieu constituait un véritable pôle culturel alternatif à Bruxelles. Le soir du drame, la thèse de l'incendie volontaire fut confirmé par le parquet de Bruxelles : à l'arrivée des pompiers, des traces de combustibles ont été retrouvées sur les lieux à plusieurs endroits. Qui a bouté le feu à l'îlot Soleil ? Pourquoi ? L'enquête le dira. (…) »

ANNE-CÉCILE HUWART IN LE SOIR, 01.08.2001, P. 19.

La maison incendiée a été investie de messages.
Si le fond est noir, la forme revêt des allures de
dessins enfantins. Désir d'un monde meilleur ?

412 R. des Chevaliers 11, Ixelles. Dernier tiers XIXe

Les belles endormies

Sans connaître un abandon total, beaucoup de maisons bruxelloises manquent d'amour et s'enfoncent doucement mais irrémédiablement dans une nuit noire de crasse et d'indifférence. Lentement la ville se perd, par manque de soins, d'intérêt, sous la pression de projets immobiliers sans âme. Toutes ces façades jolies mais négligées, magnifiques mais dégradées, ces « belles endormies », nous ont donné le désir d'écrire ce livre. Bruxellois, il est grand temps de les réveiller !

413 Av. de l'Yser 5 et 6, Etterbeek.
Jules Barbier. 1907 et 1900. Classées 30.04.1992.

Abandonnées depuis les années 1960, ces deux maisons Art nouveau ont fait l'objet en 1988 d'un projet immobilier qui prévoyait leur destruction. Classées pour éviter le massacre en 1992, elles attendent leur restauration (qui devient chaque année plus hypothétique). Si un classement peut empêcher la destruction et la transformation d'un bien, il peut difficilement enrayer son abandon…

414 Av. du Panthéon 59, Koekelberg. Fernand Lefever. 1913.

L'avenue du Panthéon présente une grande cohérence architecturale, due notamment au fait qu'un même architecte, Fernand Lefever, y édifia de nombreuses maisons. Celle-ci, exemple parmi d'autres, mériterait plus de soins afin de pouvoir conserver longtemps encore son « petit patrimoine » : ses beaux châssis, ses garde-corps en fer forgé, ses sgraffites…

No future ?

En parcourant la ville de Bruxelles, on se sent gagné par un sentiment d'absurde, car son aspect chaotique interpelle tout comme les demeures trop nombreuses à l'état d'abandon ou de ruine. Ces façades oubliées représentent une part affligeante du casse-tête que vit Bruxelles.

Ville ancienne et patrimoniale, Bruxelles a dû se transformer sous les projets radicaux que lui inflige chaque époque. Sans cesse reconstruite, à la sauvette trop souvent et, comme s'il fallait « corriger » la génération précédente, « ajustée » sans véritable réflexion globale à de successives et éphémères « vies d'aujourd'hui », la ville présente en permanence l'aspect violent et incompréhensible d'un champ de bataille.

Dans cette ville traumatisée par des destructions et substitutions maladroites, l'architecture a du mal à se projeter dans le futur. Cela tiendra ce que cela tiendra ! Après moi le déluge ! Bien sûr, on peut continuer longtemps ainsi, sans réel projet, entre indifférence, défaitisme et cynisme. Mépris, incompréhension et individualisme voilà, semble-t-il, l'attitude des parties prenantes. En grossissant le trait, on ne verrait plus que des profits rapides de promoteurs, des pouvoirs publics appâtés par des solutions (trop) faciles, l'autosatisfaction d'architectes, le donquichottisme d'historiens désabusés, sans parler du désintérêt des habitants…

Les façades d'un espace public urbain ne sont-elles pas le paysage quotidien, donc essentiel, de tout citadin et une partie de ses racines ? Mais aujourd'hui, combien de citoyens se sentent-ils encore concernés par cet héritage architectural ? Ne pourrait-on pas faire du patrimoine une vraie question de société ? La ville peut-elle être réduite à son aspect purement fonctionnel ? Des transformations ne privilégiant que le seul confort, au détriment du caractère et du style d'une façade ou d'un ensemble architectural, peuvent-elles continuer à imposer envers et contre tout leur sacro-sainte tyrannie ?

La ville, c'est aussi le passé, des lieux d'histoire collective ou personnelle. Ni musée, ni machine, elle est beauté, charme, mystère, réceptacle de savoir-faire, d'inventivité et de personnalités. N'est-il pas grand temps d'en (faire) prendre conscience et de penser l'espace urbain dans toute sa richesse ? Cette attitude exigeante n'empêche pas, loin de là, de faire du neuf, car une construction contemporaine bien conçue est aussi portée par l'environnement existant, dans un réel dialogue entre la beauté d'hier et celle aujourd'hui. Cet échange éviterait le développement d'une architecture de pastiche ou transparente. Alors, aujourd'hui et demain plus encore, la ville continuerait à nous étonner et à renouveler notre regard.

415 Av. de la Couronne 206, Ixelles. Franz Tilley. 1902.

Qu'elle souffre cette vieille maison de l'avenue de la Couronne, édifiée voilà un siècle par un talentueux architecte de l'Art nouveau, Franz Tilley. Sale, taguée, sa polychromie originelle a cessé de briller. Que dire de ses châssis, remplacés par du PVC en travée étroite et partiellement transformé ou recouvert d'un autre châssis en travée principale, ce qui a pour effet la banalisation générale de l'élévation.

Sans vouloir distribuer de bons et de mauvais points, voilà un exemple typique du manque de soin accordé aux façades. On dirait que personne n'a regardé cette façade depuis sa construction. Tout est en place, mais couvert d'une grosse couche de poussière. Et pourtant elle est jolie, cette maison Art Déco, avec ses délicieux châssis animés d'une délicate polychromie des vitraux.

416 R. de Formanoir 14, Anderlecht. Leysen. 1926.

Celle-ci fut éventrée d'un rez-de-chaussée commercial dans l'entre-deux-guerres. Patiemment, elle attend une restauration en profondeur, qui permettra aux sgraffites figurant les instruments de l'architecte et du peintre de revivre et aux carreaux de céramique, entre les aisseliers de la corniche, de rayonner à nouveau sur l'élévation.

417 Bd Émile Bockstael 344, Bruxelles Laeken. v.1910.

Restaurer n'est pas toujours chose aisée. En comprenant mal le projet d'origine, on fait souvent plus de mal que de bien. Au départ, cette façade était une magnifique métaphore. S'agissant de la maison d'un entrepreneur, l'élévation matérialisait le travail de la construction dans un enchâssement formidable de l'architecture et des sgraffites À la place de l'immense baie vitrée, actuellement rongée de châssis jaunes (!), se trouvait une logette. On avait ainsi l'impression que les ouvriers travaillaient à sa construction.

418 R. Malibran 47, Ixelles. Édouard Pelseneer. Paul Cauchie, sgraf. 1900.

ORIENTATION BIBLIOGRAPHIQUE

> L'Académie et l'Art nouveau. 50 artistes autour de Victor Horta, Bruxelles, 1996, 2 volumes (Catalogue d'exposition).

> L'architecture Art Déco, Bruxelles, 1920-1930, Bruxelles, Archives d'Architecture Moderne, 1996.

> J. ARON, P. BURNIAT, P. PUTTEMANS, Guide d'architecture moderne. Bruxelles et ses environs. 1890-1990, Alleur, 1990.

> F. AUBRY, Victor Horta à Bruxelles, Bruxelles, Racine, 1996.

> G. BEKAERT, Architecture contemporaine en Belgique, Bruxelles, Racine, 1995 (Architecture en Belgique).

> F. BORSI, H. WIESER, Bruxelles. Capitale de l'Art Nouveau, Bruxelles, Marc Vokaer, 1992.

> P. CNOPS, Evere jadis, t.1, s.l., 1999.

> M. COHEN, J. THOMAES, Jacques Dupuis l'architecte, Bruxelles, La Lettre volée et Communauté française de Belgique, 2000.

> M. CULOT, E. HENNAUT, M. DEMANET, C. MIEROP, Le bombardement de Bruxelles par Louis XIV et la reconstruction qui s'en suivit 1695-1700, Bruxelles, Archives d'Architecture Moderne, 1992.

> M. CULOT, L. LIESENS, E. HENNAUT, B. DE WALQUE, Cités-jardins. 1920-1940, A.A.M., Bruxelles, 1994.

> M. DEMANET, E. HENNAUT, W. SCHUDEL, J. VANDENBREEDEN, L. VAN SANTVOORT, Les sgraffites à Bruxelles, Bruxelles, Fondation Roi Baudouin, 1997 (L'art dans la rue).

> G. DES MAREZ, Guide illustré de Bruxelles, monuments civils et religieux, Bruxelles, Touring club de Belgique, 1979.

> F. DIERKENS-AUBRY et J. VANDENBREEDEN, Art Nouveau en Belgique. Architecture et Intérieurs, Gembloux, Duculot, 1991 (Architecture en Belgique).

> F. DIERKENS-AUBRY et J. VANDENBREEDEN, Le XIXᵉ siècle en Belgique. Architecture et intérieurs, Bruxelles, Racine, 1994 (Architecture en Belgique).

> M. ELOY, Influence de la législation sur les façades bruxelloises, CARA/CFC, Bruxelles, 1985.

> Encyclopédie de l'Art nouveau. t.1. Le quartier Nord-Est à Bruxelles, C.I.D.E.P., Bruxelles, 1999.

> J.-P. GRIMMEAU, D. ISTAZ, P. MARISSAL, Itinéraires du patrimoine résidentiel bruxellois, Bruxelles, Société royale belge de Géographie, 1991 (Hommes et Paysages, 18-19).

> Guide de l'architecture des Années 1920-1930 à Bruxelles, Bruxelles, Archives d'Architecture Moderne, 2001.

> Guide de l'Art Nouveau à Bruxelles, Bruxelles, Archives d'Architecture Moderne, 1993.

> M. HEIRMAN, L. VAN SANTVOORT, Le guide de l'architecture en Belgique, Bruxelles, 2000.

> E. HENNAUT et M. DEMANET, Le bois et le métal dans les façades des maisons à Bruxelles, 1850-1940, Archives d'Architecture Moderne, Bruxelles, 1997.

> LOYER, Paul Hankar. La naissance de l'Art Nouveau, Bruxelles, Archives d'Architecture Moderne, 1986.

> P. LOZE, Guide de Bruxelles XIXe et Art nouveau, Bruxelles, 1990.

> P. LOZE, F. LOZE, Art nouveau en Belgique. De Victor Horta à Antoine Pompe, Bruxelles, 1991.

> L. MEERS, Promenades Art Nouveau à Bruxelles, Bruxelles, 1995.

> Monumentss, sites et curiosités d'Uccle, s.l., Cercle d'histoire, d'archéologie et de folklore d'Uccle et environs, 2001.

> J.-M. PÉROUSE DE MONTCLOS, Principes d'analyse scientifique. Architecture. Méthode et Vocabulaire, Paris, Centre des monuments nationaux-Éditions du Patrimoine, 2000 (Inventaire général des monuments et des richesses artistiques de la France).

> P. PUTTEMANS, Bruxelles est-elle une ville à vendre ? Le patrimoine au pilori, Le grand miroir, Bruxelles, 2002.

> Région de Bruxelles-Capitale. Un siècle d'architecture et d'urbanisme 1900-2000, Sprimont, Mardaga, 2000.

> Région de Bruxelles-Capitale. Le patrimoine et ses métiers, Sprimont, Mardaga, 2001.

> B. SCHOONBROODT, L'Art Nouveau et les maîtres céramistes bruxellois. Hommage aux fabriques d'art Helman, Janssens et Vermeren-Coché, Bruxelles, 2002.

> M. SMETS, L'avènement de la cité-jardin en Belgique, Pierre Mardaga éditeur, Liège, 1977.

> J. VANDENBREEDEN, F. VAN LAETHEM, Art Déco et modernisme en Belgique, Bruxelles, Racine, 1996 (Architecture en Belgique).

> P. VAN DE KERCHOVE, La versatilité, prix de la cohérence. Contribution à l'étude de l'œuvre d'Albert Roosenboom, mémoire présenté en vue de l'obtention du diplôme d'architecte, Institut supérieur d'Architecture Saint-Luc, Bruxelles, 1994-1995.

COLLECTIONS

> Bruxelles, Ville d'art et d'histoire, Bruxelles, Ministère de la Région de Bruxelles-Capitale (L'avenue Louis Bertrand et le parc Josaphat, n°6, 1994; Anderlecht, n°8, 1999; Le quartier des étangs d'Ixelles, n°10, 1996; Le quartier des squares, n°13, 1994; Le quartier Saint-Boniface, n°23, 1998; Uccle. Maisons et villas, n°28, 2000; L'avenue Molière et le quartier Berkendael, n°33, 2002).

> Guides des communes de la Région bruxelloise, Bruxelles, CFC-Éditions (Anderlecht, 1998; Auderghem, 1998; Berchem Saint-Agathe, 1999; Etterbeek, 2000; Forest, 2001; Ganshoren, 2002; Ixelles, 2001; Jette, 2000; Koekelberg, 2000; Schaerbeek, 2000; Uccle, 2002; Watermael-Boitsfort, 1998; Woluwe-Saint-Lambert, 2001.

> Le Patrimoine monumental de la Belgique, Bruxelles (Volume 1 : Pentagone, tomes A/B/C, Liège, Pierre Mardaga, 1989/1993/1994; Volume 2 : Saint-Josse-ten-Nood, s.l., IPS Editeurs, 1997; Volume 3 : Etterbeek, s.l., IPS Editeurs, 1997).

TECHNIQUES

ADRESSES PAR COMMUNE

LISTE DES ABRÉVIATIONS

Céram.: céramique
Collab.: Collaboration
Entr.: entrepreneur
Sculpt.: sculpture
Sgraf.: sgraffites

68 (sous les photos) : désigne le numéro (de 1 à 417)
→ attribué à la façade
(dans les textes) : renvoie vers une information complémentaire, soit vers une page (p.), soit vers un numéro de façade.
Dans les Index, les chiffres renvoient vers les numéros de façade.

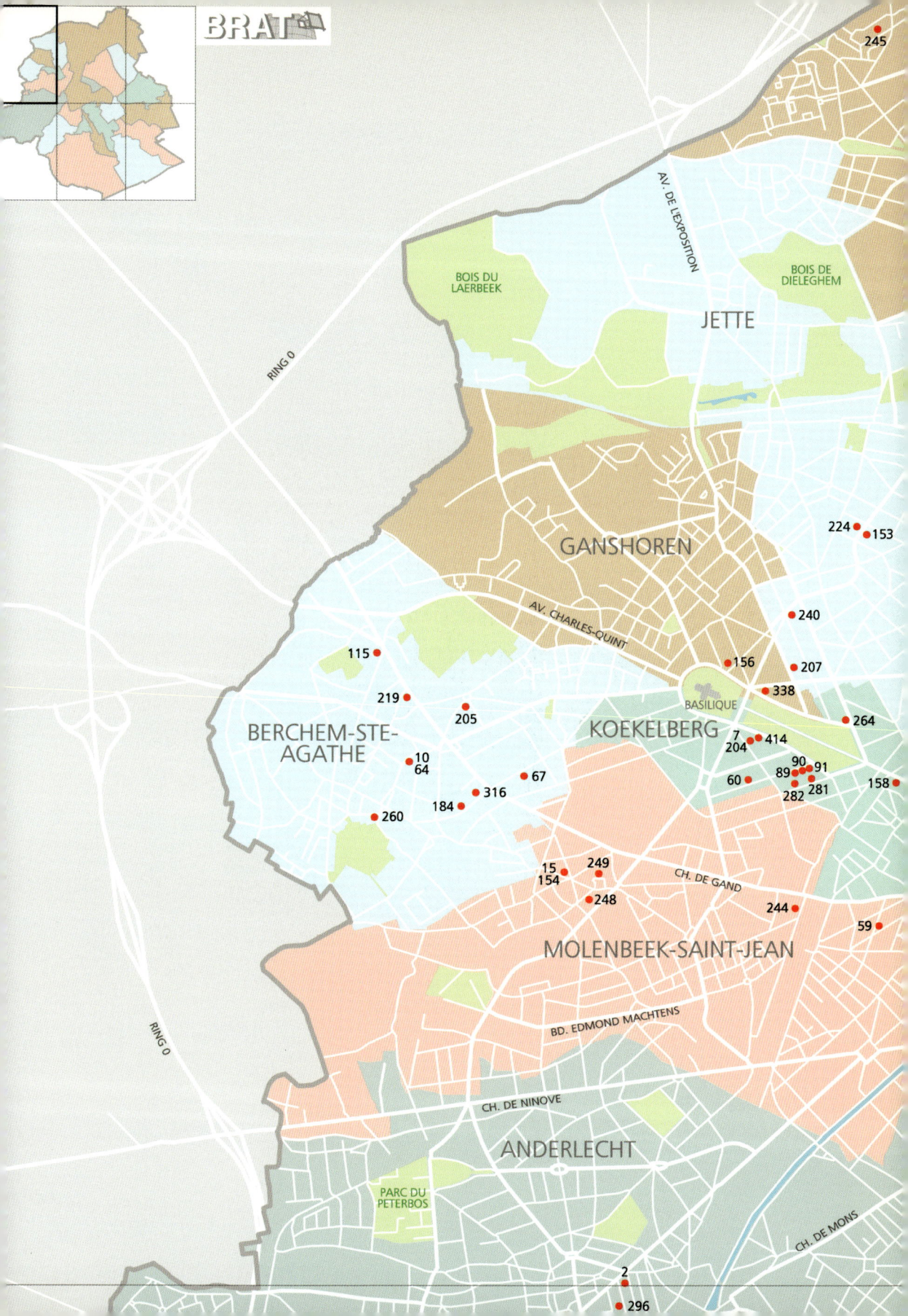

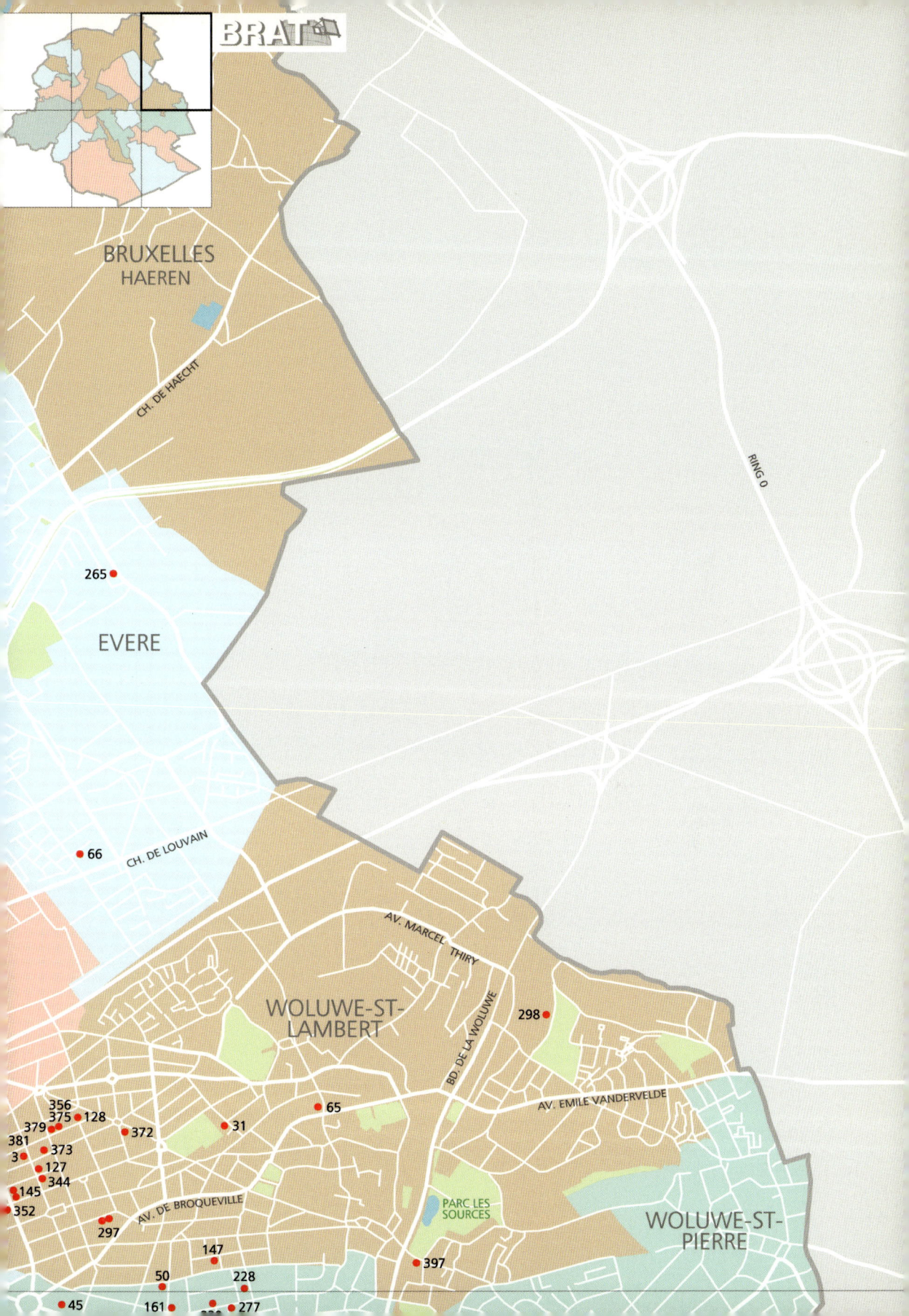

BRAT

BRUXELLES
HAEREN

CH. DE HAECHT

RING 0

265 •

EVERE

• 66   CH. DE LOUVAIN

AV. MARCEL THIRY

WOLUWE-ST-
LAMBERT

BD. DE LA WOLUWE

298 •

AV. EMILE VANDERVELDE

356
375 • • 128
379 •
381 •
3 •   • 373
• 127
• 344
• 145
352 •

• 372   • 31   • 65

297 •

AV. DE BROQUEVILLE

PARC LES
SOURCES

WOLUWE-ST-
PIERRE

147 •

50 •   228 •

• 45   161 •   277 •

• 397

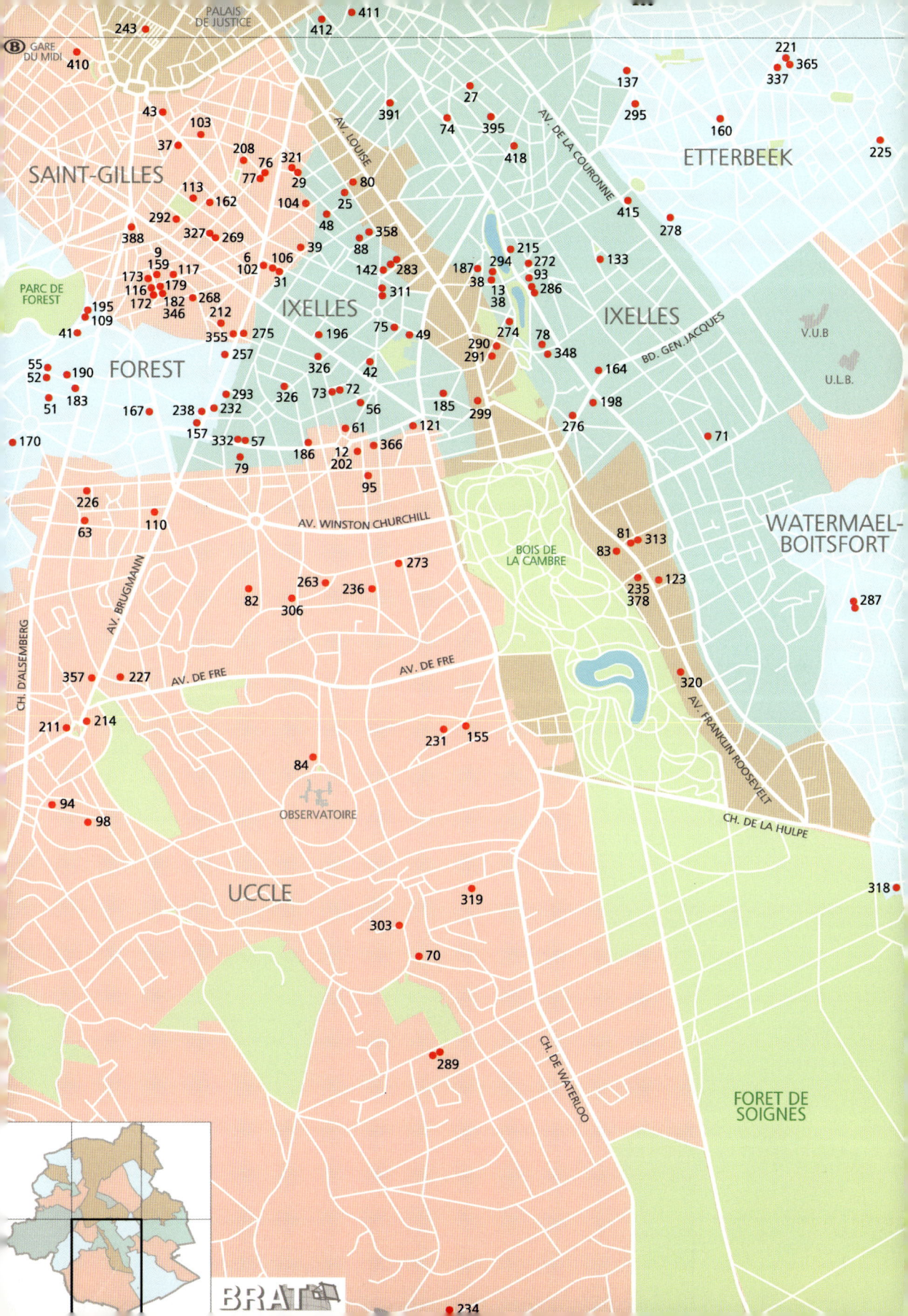

230

58

120

189

129

62

PARC DE
WOLUWE

AV. DE TERVUEREN

288

206

309

AV. ORBAN

317

237

150

WOLUWE-ST-
PIERRE

126

233

CH. DE WAVRE

CH. DE TERVUREN

132

399

AUDERGHEM

RING 0

266

246

118

CH. DE WAVRE

BD. DU SOUVERAIN

WATERMAEL-
BOITSFORT

23

409

302

328

138

408

FORET DE
SOIGNES

304

401

403

404

402

405

406

DREVE DE BONNE ODEUR

398

407

CH. DE LA HULPE

0   500 m   1000 m

CARTOGR. BRAT

REALISEE AU MOYEN DE BRUSSELS URBIS

Remerciements

À tous les propriétaires et locataires des maisons répertoriées dans cet ouvrage, un immense merci pour les encouragements prodigués et le sourire.

Ce livre n'aurait pas vu le jour sans les multiples connaissances de nombreuses personnes. Qu'ils soient ici remerciés pour leur patience et leur générosité à nous faire partager leur savoir. Et plus particulièrement, pour le contenu, toute notre gratitude à Yves Jacqmin, Jean Morjan, Pierre Bernard, Eric Hennaut, Muriel Muret. Merci aussi à Olivier Berckmans de nous avoir fait partager sa passion pour Gustave Strauven.

Merci aux bibliothécaires pour nous avoir permis d'investir leur antre plus que de raison : Anne Lauwers et Dominique Dehenain des AAM, Philippe Charlier à la Direction des Monuments et Sites de la Région de Bruxelles-Capitale et Véronique Jago des Archives et Musée de la Littérature.

Merci aux archivistes, aux échevins et à tout le personnel des services de l'urbanisme des communes de l'agglomération bruxelloise, qui nous ont permis de remonter l'histoire en nous facilitant la tâche par leur professionnalisme et leur gentillesse.

Merci à Albert Meunier et à Jacques de Selliers : sans eux, pas d'images !

Pour la forme et les fautes d'orthographe, toute notre gratitude à Danielle De Clercq-Douillet et à son œil d'aigle.

Merci à Denis van Praet et à Jean de Pange, nos chers maris, d'avoir favorisé toute cette aventure.

Crédits photographiques

Les photos publiées ont été réalisées par Cécile van Praet – Schaack et Isabelle de Pange, à l'exception des photos des façades suivantes : R. de Venise 29A à Ixelles par Olivier Noterman, Av. de la Constitution 78 à Jette par Philippe Dijkmans, R. Antoine Bréart 47 à Saint-Gilles par Herman Bertiau ; R. des Mimosas 44 à Schaerbeek par J. J. Evrard d/g* brussels ; R. Nestor De Tière 61-65 à Schaerbeek par Birgir Jóhannsson et Lode Saïdane.

La conception graphique et la mise en page ont été réalisées par Quentin Van Gysel.
Le plan a été dessiné par Brat.
Le scanning des photos a été assuré par Q.I. Yves Yernaux.
Ce livre a été imprimé par Joh. Enschedé/Van Muysewinkel.

Av. de l'Armée 67, Etterbeek

Av. Victor-Emmanuel III 34-36, Uccle

Entretien
et rénovation
d'immeubles

Jardin Botanique, Av. Victoria Régina, Bruxelles

Hôtel Bellevue, Place des Palais, Bruxelles

IMMONEUF

Siège social : chaussée de Waterloo 1220 – 1180 Uccle
Bureau technique et atelier : Kuikenstraat 123-125 – 1620 Drogenbos
Tél. 02 331 05 00 – Fax 02 331 01 52 – E-mail : immoneuf@skynet.be
Entreprise enregistrée sous le n° 03/11/1/2 et agréée sous le n° 23193
en Classe 6 – catégorie D – D1 – D21